현직 배달원이 쓴 일상글과 사랑시

삶의 향기도 배달해 드립니다

임 주 형 지음

db
대경북스

삶의 향기도 배달해 드립니다

초판인쇄   2020년 6월 12일
초판발행   2020년 6월 18일
발 행 인   민유정
발 행 처   대경북스
 ISBN   978-89-5676-822-9

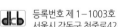

이 도서의 국립중앙도서관 출판예정도서목록(CIP)은 서지정보유통지원시스템 홈페이지
(http://seoji.nl.go.kr)와 국가자료종합목록 구축시스템(http://kolis-net.nl.go.kr)에서 이용하실
수 있습니다. (CIP제어번호 : CIP 2020023700)

등록번호 제1-1003호
서울시 강동구 천중로42길 45(길동 379-15) 2F
전화: (02)485-1988, 485-2586~87·팩스: (02)485-1488
e-mail: dkbooks@chol.com·http://www.dkbooks.co.kr

들어가는 글

안녕하세요. 《삶의 향기도 배달해드립니다》의 저자입니다. 이 책에 대한 호감은 이미 제목에서 갈렸을 것으로 생각합니다. 저마다 편견이 있기 때문입니다. 글귀와 산문은 하루를 따라서 만들어진 것이기 때문에 다소 뒤죽박죽으로 느껴질 수 있습니다. 그렇지만 나름대로 3장으로 나누어 보았습니다.

1장 '내 안에서 알 수 있는 것들'에서는 말 그대로 자신이 생각해 볼 수 있는 것들을 다루었고, 2장 '다 같이 알면 좋은 것들'에서는 우리 또는 서로가 생각해 볼 수 있는 것들을 다루었습니다. 3장 '그녀에게'에서는 이성을 통해 느꼈던 감정을 단편 감성 시 형태로 표현했습니다. 3장은 1장 2장을 통해 복잡해진 머리를 식혀줄 디저트라고 생각해주시면 좋을 것 같습니다.

따라서 목차와 배달원이라는 직업군에 대해 중점을 두지 않고 읽어도 무관합니다. 진부한 내용이 가득한 이 책을 앉은 자리에서 모조리 읽어버릴 수도 있겠지만, 들고 다니시거나 보이는 곳에 보관하시면서 생각날 때 한 페이지씩 읽어보시는 것도 좋을 것 같습니다.

SNS를 통해서 많은 분의 고민과 심리 상담을 도와드렸고, 많은 분이 저를 도와주셨습니다. 여러분은 과연 배달원이 무슨 생각을 할지 궁금해하시지는 않으셨나요? 저는 단지, 자그마한 국밥집을 운영하면서 국밥 배달과 배달 대행 일을 병행하고 있으며, 글을 좋아하는 배달원일 뿐입니다. 말뿐이라면 쉽겠지만, 그 말 중에서도 현실적으로 생각해 볼 수 있는 것들만 담으려 노력했습니다. 미래를 대비하는 것은 매우 중요한 일이지만, 현재와 현실이 없다면 미래 또한 없기 때문입니다. 필력이 떨어지고, 글이 다소 지루하더라도 애정 깊은 마음으로 읽어주셨으면 하는 바람입니다.

차 례 ─────────────

Ⅱ. 다 같이 알면 좋은 것들

차 례

Ⅲ. 그녀에게

차 례

I

내 안에서 알 수 있는 것들

먼
지
한
톨

삶이 잘 풀릴수록 더욱더 반듯하게
살아야 하는 절대적인 이유가 있다.
시기와 질투를 하는 많은 사람이
가만히 내버려 두지 않기 때문이다.

자신이 잘 될 것이라는 확신이 있다면
단계를 거듭할수록 티끌 하나 걸리지 않게
깨끗하고 청렴한 삶을 끊임없이 연구하고 연습하며,
시행에 옮길 수 있는 사람이
되어야 할 것이다.
또한 심술을 부리면
언젠가는 들통이 나서 되돌아온다.
털어도 먼지 한 톨 안 나오는 사람 없다고 했지만,
그 먼지 한 톨이 삶을 좌우하는 세상이 왔다.
누군가의 먼지 한 톨이
눈에 들어왔다면 나 자신의 먼지 한 톨을 먼저 찾아보라.

"누군가 털지 않았을 뿐이다."

국밥집을 열고 한 달 정도 지나자 입소문이 퍼졌는지 가까운 거리의 상인부터 먼 거리의 상인까지 우리 가게를 찾아왔다. 말하지 않아도 상인은 상인을 알아본다. 문을 열고 들어올 때부터 아우라가 다르다.

같은 상인이라도 처지를 이해하고 예의 있게 행동하는 사람이 있는 반면에 못다 한 갑질 풀이를 하는 사람도 더러 있다. 어디 한번 먹어보자는 표정이 얼굴에 쓰여 있는데, 대체로 허점을 찾기 위해서 애쓰기도 하고, 테이블에 앉아서 계산하기도 한다.

한 날은 근처 횟집 사장이 우리 가게를 방문했는데, 테이블에 앉아 우리 음식을 먹고 있는 손님에게 다가가 자신의 횟집을 십여 분간 공손하게 홍보했다. 그리고 자리에 앉더니 "어이" 손짓했다. 오라는 신호였다. 조금 전 손님에게 보인 태도와는 정반대의 태도였지만, 손님은 손님이기에 친절한 음성으로 "네 손님"이라 대답하며 주문을 받으러 갔더니 다짜고짜 내가 입고 있는 배달 조끼에 적힌 알파벳은 무엇의 약자냐 어디 배달원이냐 등 주문은 하지 않고 기분 나쁘게 하는 말들을 쏟아부었다.

참고 참다가 결국 같은 상인의 태도냐고 물었고, 수저통 뚜껑을 들고 따라오라는 동작으로 밖으로 불러냈다. 따라 나오자 나는 당신이 생각하는 그리 만만한 사람이 아니니 나이를 불문하고 그러한 태도를 고치지 못할 것이라면 텃세 부리지 말고 우리 가게 근방으로 나타나지 말아 달라고 말했다. 그랬더니 줄행랑을 치듯 가게를 나갔다.

장사하기 위해서라면 간이든 쓸개든 장롱에 보관하고 나와야 한다는 생각을 가져야 하는 것이 맞지만, 불과 100m 거리도 되지 않는 곳에서 장사하는 상인이 심기를 건드리니 참지 못했던 내 잘못도 있다.

　그 상인이 신기했던 것은 다음날 배달로 인해 우연히 엘리베이터에서 단둘이 마주하게 되었는데 "수고하십니다."라며 반갑게 인사를 건네는 것이었다. 아니면, 전날의 나를 기억하지 못했을 확률도 있다.

술

도저히 답이 안 나올 때
마시는 현실 도피 물약

처음에는 너무 힘들어서 도피하려다
시간이 지나 의존하게 되면서
술 먹는 습관이 만들어진다.
술을 그렇게도 싫어하던 내가
500mL 시원한 맥주 한 캔을 꿀꺽하고는
빨갛게 달아오른 몸을 하고서
헉헉거리며 잠이 들 때야 느꼈다.
아, 더는 힘들다고 해서 의존하듯
술을 찾아서는 안 되겠구나.
가끔가다 도저히
답이 없는 경우가 없을 수는 없겠구나.
비워버린 술병 안에도 답은 없구나.

비가 막 쏟아지기 시작한 저녁 시간쯤 술에 잔뜩 취한 60대 남자 손님이 가게에 들어왔다. 본인이 돈 많은 사람인데 지금은 돈이 없다며 국밥 한 그릇과 소주 한 병을 달라고 요구했다. 눈빛은 변해 있었으며, 중얼중얼 욕을 하는 것을 보니 술 귀신에게 지배당한 것이 분명했다.

가여운 마음에 음식을 대접했다. 다 드셨을 때쯤 연락처 좀 남겨달라고 말했더니 그 손님이 버럭 입을 열었다. "나도 장사를 하지만 장사 그따위로 하지 마세요." 자신을 믿지 못한다는 생각에 화를 낸 것이다.

보통은 지갑이나 전화기를 맡기고 가라고 하는데, 그러지는 못하겠고 형식적으로 연락처만 받으려 했을 뿐이었다. 그순간 화가 솟구쳐서 나이를 불문하고 폭발적인 매로 다스리고 싶은 생각이 강하게 들었다. 그러나 이 방법은 돈이 많이 들고 좋지 않은 소문이 퍼질 수 있으므로 조용히 보내주기로 마음을 추슬렀다. 언제든지 들려달라고 말하고는 배웅했다.

알코올 중독은 원자 폭탄처럼 주변인을 병들게 한다. 그의 가족은 마음 병이 오죽할 것이다.

술을 마시면 안 된다고 말하지 않겠다. 마셨을 때 눈빛이 변하는 사람이 있다면 술자리에서 멀리하도록 하고, 자신이 변한다는 소리를 자주 듣는다면 술을 멀리하라. 그것은 좋지 않은 또 다른 자아다. 맨정신에도 솔직한 사람이 되어야 한다.

누군가를

곁에 있어도 없어도

사랑할 것이라면 받은 것만,

미워할 것이라면 주었던 것만,

사랑할 것인지 미워할 것인지를

먼저 알고 의미를 부여해야 한다.

인간에게 있어서 후회 없는 삶은 드물다.

확고하지 못했기 때문에

곁에 있어도 없어도

미련이 남는 것이다.

내가 사랑했던 사람의 이야기는 다음에 하도록 하고 지난겨울 조용한 동네에 자그마한 카페를 발견했을 때의 이야기들 들려주려 한다.

몇 번 지나다가 궁금증에 이끌린 것도 있고 따뜻한 카페라테가 생각나기도 해서 한 잔을 포장 주문할 겸 들어갔다. 문을 열고 주문을 하려는데 긴 생머리와 가냘픈 체구, 토끼와 여우 중간상의 바리스타 직원분과 눈을 마주치고는 첫눈에 반했다. 묵직한 망치로 머리를 맞은 느낌이었다. 순간 아무 말도 못 하고 경직되었지만, 정신을 차리고 주문했다. 그냥 부끄러워서 밖에 나가서 기다렸고, 잠시 후 커피가 나왔다. 그리고는 쿠폰 한 장을 건네며 도장 하나를 찍어 주었다. 자연스러운 핑곗거리가 생겼다고 생각했다. 그 후로 쿠폰을 모았다. 몇 안 되는 테이블에 앉아서 독서와 작업을 하고, 신사적인 복장과 포마드 왁스를 바르기도 했었다.

어느덧 쿠폰 열 개를 모았는데, 무엇 때문인지는 모르겠으나 무언가 아쉽다는 생각이 들어서 사용하지는 않고 새로운 쿠폰을 하나 더 만들어 달라고 했다. 사실 아메리카노를 좋아하지만, 카페라테부터 도장을 찍어 준다기에 카페라테만 마셨다. 두 번째 쿠폰을 완성하면 커피 한 잔을 선물하고 이런저런 이야기를 해볼 진부한 속셈이었던 것 같다. 완성되는 당일까지 꾹 참았고 결전의 날이 왔다. 카페에 들어섰는데 여직원분이 없고 여사장님이 계신 것 아닌가? 너무 당황스러워서 또 한 번의 경직이 찾아왔다. 무슨 일이 있나 보다 생각을 하고 다음날 다시 찾아갔다.

아, 또 여사장님만 있었다. 직원분은 오늘 안 나왔냐고 대놓고 묻지는 못하고 사장님과 직원분 커피 맛이 조금 다른 것 같다며, "직원분은 이제 안 나오시는 건가요?"라며 자연스럽게 물었더니 사장님께서 말하기를

"아, 대학생인데 개강하고 그만뒀어요. 왜요? 맛이 이상해요?"

"네? 아니요. 너무 맛있어서요. 안녕히 계세요."

라고 말하고 아쉬움 가득 찬 커피를 들고 가게를 나왔다. 용기가 없었던 자신을 탓하며 한숨을 쉬었다.

요즘에도 가끔 그때의 생각에 이불을 차고는 한다. 그날의 교훈이 있다면 마음에 드는 이성을 만나게 되었을 때 자신감을 가지고 과감한 용기로 정공법을 사용할 줄 아는 사람이 되어야 한다는 것이었다. 또한 직원분이 애인이 있기라도 했었다면 식도와 위가 좋지 않은 내가 무엇 하려고 우유 성분으로 만들어진 카페라테를 마셨겠는가? 아무리 운전을 잘할 자신이 있더라도 출발을 못 하면 차를 움직일 수 없을 뿐더러 굳이 할 필요도 없는 예열을 너무 오래 한 것이다. 사장님께 직원분 연락처를 물어볼 수도 있었을 것인데, 만약 그날 직원분이 있었다고 하더라도 쉽사리 말을 꺼내지 못했을 것 같기도 하고 다소 미련이 남는다.

선택과 행복

과거의 선택은
최선이었다.

우리는 과거에서 왔지,
미래에서 오지 않았다.

지금의 선택도 최선일 것이다.

정말 길게 살아봤자 백 년을 사는데

이런 것 저런 것 따질 시간이 없다.

고난 속에서도 행복을 찾고,

행복 속에서도 행복을 찾아야 한다.

과거는 지나온 것이고

미래는 보장된 것이 아니기 때문이다.

자신이 몇 살까지 살 수 있는지 미리 알고 있는 사람은 어디에도 없다. 그 때문에 매 순간이 최고의 선택일 수밖에 없다. 옆 가게 고깃집 종업원 이모님께서 이런 말을 한 적이 있다. "저는 국밥집 차리는 게 소원이에요." 그만큼 고깃집이 손이 많이 가고 힘들다는 뜻이다.

세단 승용차를 산 친구는 이런 말을 한다. "네 차는 SUV 차량이라서 좋겠다. 어디 놀러 가기도 편하고 짐도 많이 실리고" 나는 사실 세단을 타고 싶어 미치겠는데 말이다.

또한 나는 고깃집에서 꽤 오래 정직원으로 일을 한 적이 있는 경험자다. 불판 세척과 환풍기 청소 등 고충을 잘 알고 있다. 국밥집은 사골 뼈를 24시간 삶아야 한다. 차량 또한 종류에 따라 승차감이 다르듯 장단점이 있다. 군대를 입대하고 훈련소에서 자대 배치를 받고 자대로 가게 되면 고통의 시간이 끝날 것이라는 착각을 했던 적이 있었는데, 되레 고통의 시작이었다.

생각과 말은 쉽다. 좋은 것과 장점만 생각하기 위해 진정으로 노력하고 행동으로 옮길 수만 있다면 지금이 그저 행복할 것이다. 첫 스마트폰을 구입하고 카카오톡 대화명을 "나는 항상 행복한 사람"이라 설정해두었는데, 10여 년이 지난 지금도 변함이 없다. 후회와 원망으로 힘들어하는 사람이 내게로 오면 조심스럽게 말한다.

"후회는 간혹 앞을 가로막지만, 행복은 단 한순간도 빠짐없이 당신의 뒤를 따랐다. 앞만 보지 말고 지나온 뒤를 돌아보라."라고

마냥 걸어라

마음이 심란할 때는
편한 신발 신고서
체크카드 하나 들고서
마냥 걸어라

이어폰도 귀에 꽂지 말고
두 발만 생각하면서 걷다가,
다리 아파 오면 커피 한 잔
포장 구매해서 또 걸어라

무엇을 해야 할지 우선 순위를 정하지 못해서,
아무것도 할 게 없어서
이유를 불문하고 마음이 심란할 때면
마음속으로 왼발 오른발만,
모든 것을 제쳐 두고 어디로 걸어갈지 정하지도 말고
오롯이 내 존재만을 느끼면서 걸어보라.
그날 하루는 피곤해져도 좋다.

걷다 보면 전봇대와 주위를 서성이는 고양이가 보이고 강하게 유턴하는 자동차도 보인다. 우리가 보아야 할 것은 눈을 감아야 보이는 내면의 세상에서 다시 돌아와 눈을 뜨고 보아야 할 현실적인 세상이다.

감정 상태의 변화는 방패가 없고, 예방하기 어려우므로 무엇이 힘들게 하는지 힘들어 봐야 알 수 있다. 누구에게나 괴로움은 당연하다. 이것을 내면에서만 해결하려고 했기 때문에 통제하기 어려웠을 것이다. 어떠한 사유에서든 평정심이 돌아오지 않는다면 현실에서 차근차근 정리할 수 있어야 한다.

근처 공원을 가거나, 가보지 못했던 새로운 길을 가거나, 가까운 지인을 만나 같이 걷거나, 마스크를 착용하고 혼잣말을 하며 걸어도 좋다. 내면에서 아무리 움직이려 노력한다 한들 현실을 직시하지 못한다면 아무런 변화를 불러오지 못한다. 우리는 시공간 현실에 존재하고 내면은 자신 안에 존재하기 때문이다.

비마저 내려준다면 집에서 우울해하지 말고 장화를 신어도 좋고, 장화가 없다면 그까짓 신발 좀 젖어도 좋다. 꼭 한번 비 내리는 거리를 걸어보라. 빗물이 복잡한 생각을 씻겨줄 것이다. 한 손에는 우산을, 한 손에는 커피를 들고서 말이다.

인
간
관
계
와

인
성

겪어갈 사람 중에서 적을 줄이는
방법이 있다면 어떠한 순간에도
바로 '인성'을 유지하는 것이다.

다만 서로를 겪지 않고 적이 될 때는 달리할 방도가 없다.

보이지 않는 것도 볼 수 있는 듯 자신이 도사 또는 무속인이라

착각하며 살아가는 사람이 대부분인 세상이기 때문에

사실상 만인에게 원만할 수 없다는 것을 인지해야 한다.

행함에 있어, 자신이 소수의 사람에 속한다고 하더라도

다수가 되기를 바라지 않으면 한결 마음이 편해진다.

인간관계는 바른 인성을 토대로 하여

자기 생각과 판단, 행동 그 이후에 시작된다.

헬스장에서 트레이너로 일을 한 지 얼마 되지 않았을 때 몹시 못살게 굴던 매니저님이 있었다. 얼마나 싫었냐면 청소 좀 하라는 말에 아무도 안 볼 때 청소기를 집어 던진 적도 있을 정도였다. 심지어 그 모습을 들키기까지 했다.

어느 날 외부 영업을 하러 가자며 나를 불러냈다. 원래는 매니저님의 파트너가 있었는데 볼일이 있어서 자리를 비운 것이었다. 우선 따라 나갔다. 매니저님은 오토바이 운전을 못하므로 내가 운전을 하며 이곳저곳 전단을 나누어 주었다. 그러다 보니 목이 말라왔다. 매니저님은 전단을 나누어 주고 있으라고 말하고 슈퍼에 들어가서 비타민 음료를 사와서 내게 한 병 건넸다. "잘 먹겠습니다." 말하고는 꿀꺽 삼켜버렸고, 다 마신 병을 버려야 하는데 버릴 곳이 마땅치 않아 호주머니에 넣어 두었다. 들고나온 전단을 모두 나누어주고 복귀하는데 뒤에 타 있는 매니저님이 내 점퍼 호주머니에 손을 넣어 보고는 말했다.

"너 인성이 참 좋은 녀석이구나. 그 병을 아직도 호주머니에 넣고 있냐? 나는 그냥 던져 버렸는데"

그날 이후로 매니저님은 둘도 없는 멘토가 되어 주었다. 그만두고 서로 다른 길을 가고도 항상 먼저 연락해오는 정말 고마운 형님이 되어주었다. 생일이 되면 태어나줘서 고맙다는 말과 선물을 건네주었고, 사고가 나서 입원했을 때도 한걸음에 먼 길을 달려와 선물을 건네주었다. 형님께서 가끔 내게 하는 말이 있다. "너는 내가 등을 보여도 칼을 겨누지 않을 사람이야." 맞는 말이다. 바른 인성을 토대로 살아가기 위해 노력한다면 적어도 자신을 접한 사람들은 적으로 두려 하지 않을 것이다.

기
분
과

성
격

기분이 성격이 되지 않기를

다짐하는 것보다,

항상 좋은 기분을

다짐하는 것이 이롭다.

일기예보 없는 날씨 같은 것이므로

자신도 알 수 없을 때가 더러 있다.

설령, 미리 알 수 있다고 하더라도

빗겨나가기 마련이다.

정말 말처럼 쉽지 않겠지만,

나쁜 기분이 타인에게 옮겨가는 것이 잦아지면

인간관계가 힘들어질 수가 있다.

그 전염을 최소한으로 줄일 수 있도록 염두에 두어야 한다.

나쁜 기분을 전염시키는 사람은

타인에게 있어 그야말로 가장 어려운 사람이다.

생각

생각이 적은 것은 가끔 문제가 되기도 하는데
생각이 많으면 행동으로 옮기기 전에 지친다.

하고 싶은 것과 해야 할 것이 많을수록

할 수 있는 한 가지를 열심히 해야 한다.

우리의 생각은 여러 가지를 할 수 있지만,

몸은 하나이므로 순서를 정해야 한다.

어렵지 않다. 누구나 할 수 있는 일이다.

일 처리를 잘하는 사람의 대표적인 특징이 있다면

메모하여 정리하는 습관이다.

메모는 채집이다.

이럴 적 잠자리를 잠자리채로 잡던 것처럼

잡지 못하면 발견만 했을 뿐 내 잠자리가 아니다.

생각이 떠오르면 먼저 메모를 통해서

채집할 수 있는 습관을 만들어보자.

요즘에는 스마트폰 녹음 메모 기능이 발달되어

녹음 메모를 이용하는 것도 좋은 방법이다.

내 생각은 내 것이 되어야 하니까 말이다.

일하다가도 좋은 글감이 떠오르면 메모를 한다.

그게 안 되면 음성 메모라도 한다. 스마트폰이 내 음성을 제대로 인식하지 못하더라도 다시 보면 기억이 난다. 메모를 못해서 까먹어버릴 때는 거의 놓치는 경우가 많았다.

어떤 날은 배달을 나가던 길이었는데 좋은 글감이 떠올라서 신나게 메모를 했다. 목적지인 아파트에 도착하고 배달통을 열었으나 음식이 없었다. 가게에 두고 온 것이다. 웃긴 것은 아직도 이러한 실수를 종종 하는데, 가능한 일할 때는 일에 집중하는 것이 이롭다.

외
로
움
이
란

외료움은 스스로 만들어내는 것이다.

상대가 있든 없든 사랑과는 별개다.

서로에 대한 사랑은 우선 자신을 사랑

할 수 있어야 유지할 수 있는 것이다.

자신을 사랑할 줄 알아야 타인을 사랑할 수 있다.

외적인 사랑이 어려워서 외로움이 만들어지는 것이 아니다.

누군가가 나를 사랑해주지 않는다고 해도

외롭지 않은 사람은 아마도 자신을 사랑하고 있는 사람일 것이다.

내 모습이 못생겨도, 몸매가 좋지 않아도, 작은 키를 가졌어도, 돈이 없어도, 어떠한 순간에도 자신감을 가져야 한다. 그것이 자기 사랑의 첫 번째 디딤돌이다.

외로움과 자기 사랑은 스스로 만들 수 있고, 서로의 사랑은 서로가 만들어내는 것인데, 오롯이 서로만이 사랑의 전부라는 생각 때문에 상대에게 의존하게 되는 것이다. 그러다 자기 사랑이 부족하다는 이유도 모른 채 복잡하고 포괄적인 외적인 사랑에 어려움을 느껴 번번이 외로움에 그치고 말게 된다.

외적인 사랑의 트라우마나 상처가 있다면 외적이므로 내적으로 끌어들일 필요가 없다. 자신을 사랑하면서 기회가 되었을 때, 자신을 사랑하는 만큼 상대도 사랑해 주면 되지 않겠는가?

'이것밖에 안 되는 사람 아니야!'

'문제 없어 상황이 그랬던 거야!'

매번 자신을 부인했기 때문에

뛰어넘을 기준이 없는 것이다.

자신이 어느 정도의 사람인지

우선, 인정할 수 있어야 한다.

그때부터 변화가 이루어진다.

돌이켜 생각해보면 내 어린 시절은 가난했다.

나는 약 5,000평 정도의 장미 농장을 운영하는 부부의 아들로 태어 났다. 다소 근거는 없지만, 묻어 놓았던 기억을 회상해 보면 1990년대쯤 화환 규제가 생겨나면서 꽃 생산을 중단하고 야채류로 업종을 변경하는 과정에서 막대한 투자를 했지만, 수출을 시작함과 동시에 IMF(국제통화 기금) 외환위기를 겪게 되는 바람에 빚을 떠안고 쫄딱 망하고 말았다. 아 버지께서 가장 아끼는 장난감 하나만 챙기라는 말 이후로 집과 농장은 불도저에 밀려 모든 것이 산산이 조각났다.

그때 내 나이가 여덟 살이었다. 어머니는 빚을 갚기 위해 1,500원을 손에 쥐여주고는 언제 돌아올지 모르는 긴 여정을 떠났고, 아버지와 나 는 빚에 쫓기며 월세 10만 원 정도 되는 단칸방에서 살게 되었다. 다섯 살 터울에 친누나는 운동선수였기 때문에 기숙사에서 지낼 수 있어 다행 이었다. 누나가 가끔 나를 보러 올 때면 차오르는 눈물을 숨겼던 모습이 기억난다. 하필이면 통학길에 있는 허름한 집이 부끄러웠는지 아이들이 사라진 후에야 집으로 들어가고는 했다. 화장실은 먼발치에 떨어져 있었 고, 가스버너로 모든 음식을 해 먹었다. 부탄가스가 떨어지는 날에는 전 기밥솥으로 라면을 끓였다. 겨울에는 찬물과의 사투를 벌여야 했고, 동 네 슈퍼마켓을 전전하며 몇 만 원어치씩 외상을 하고는 했는데, 갈 때마 다 눈치가 이만저만 아니었다. 포기하지 않고 최선을 다하며 발버둥치 던 아버지는 술에 기대는 날이 많아지면서 새벽마다 귀가 닳도록 술주정을 들어야 했다. 술주정 중에 아직도 잊히지 않는 말이 있다. "주형아, 우리는 돈이 없다. 아프면 죽어야 한다." 가슴 아프지만 수긍할 수밖에 없었다. 또한 성장기 10여 년간 아침을 걸렀다. 유선 방송이 나오고 따뜻한 온수가 나오는 친구네 집이 부러웠다.

남들 다 가는 초등학교 수학여행도 가지 못했다. 고등학교 1학년이 되던 해에는 10만 원 월세를 제때 내지 못해서 약 200만 원 정도까지 쌓이게 되자 집 주인아주머니께서 아버지와 나를 내보냈다. 그때는 아주머니가 미웠지만, 지금 생각해보면 감사한 마음에 고개를 들 수 없다. 하소연이 길어졌는데, 이쯤에서 그만하도록 하고, 어린 시절에는 이것이 가난인 줄 몰랐다.

성인에 가까워질수록 남들과 비교하는 방법을 알게 되면서 어느 정도 인지하게 되었던 것 같다. 군대를 전역하고 머지 않아 아버지의 모든 빚을 갚았다. 그 과정에서 고통 속에 살아오셨을 아버지의 마음을 조금은 이해했고, 떠나가 계신 동안 아들 생각에 가슴이 막혀 차려진 음식 맛을 느끼지도 못하고 살았다는 어머니를 다시 만나게 되었다. 시간여행을 온 것처럼 늙어버린 어머니 모습이었지만, 이내 적응했고 지금은 행복한 삶을 살고 있다. 어린 한 날에 나는, 바닥 밑에는 지하가 있다는 것과 그 또한 끝이 없다는 것을 알았고, 남들과 비슷하게는 살아야 하지 않겠냐는 생각을 굳세게 했었다. 자신을 타인과 비교하더라도 열등감을 만들어 내지 않는다면 아마도 변화의 정진 계기가 되어줄 것이다.

조급함과 대처법

아무리 부지런한 삶을 살고

준비를 많이 한다고 하더라도

조급함은 찾아오기 마련이다.

이때 평소와 달리 많은 것을 빠르게

생각하게 되면서 오류를 범하게 된다.

비바람이 몰아치던 날이 기억난다. 1차선에서 3차선까지 나를 옮겨다 놓을 정도로 태풍처럼 매우 강한 비바람이었다. 저녁 시간부터 배달이 조금씩 밀렸는데 다섯 개까지는 계산하고 있었지만, 열 개가 되자 머릿속에 흰 도화지가 떠올랐다. 욕심부리지 않고 배달 앱 운영을 중단했다. 설상가상으로 배달 대행업체까지 영업을 중단한 상황이라서 어쩔 수 없이 나머지 음식은 거의 한 시간이 지나서 손님께 전해졌다. 한 마디로 답이 없었다. 이런 경험은 처음이었기 때문에 음식을 전하면서 "늦어서 정말 죄송합니다."라는 말을 한분 한분께 전하는 방법밖에 없었다. 그렇게 정신없이 바빴던 시간이 잠잠해지고 가게를 마감할 때쯤에 배달 앱에 두 개의 논평이 달렸다.

하나는 "깍두기와 김칫국물이 다른 반찬으로 쏠렸다. 배달원이 막 배달한 것 같다. 신경 좀 써 달라."라고 달렸고, 다른 하나는 "늦게 왔지만, 배달원의 사과를 받았다. 추가금을 내고 순대국밥을 시켰는데 돼지국밥이 왔다. 그렇지만 국밥 국물을 한 번 떠먹었더니 차액을 잊게 하는 맛이었다. 다음에 또 주문하겠다."라고 달렸다. 몇 자 안 되는 두 번째 논평에 진한 감동을 했다. 위기의 순간에 대해서 최선의 대처를 하여도 완벽할 수는 없지만, 글귀의 방법을 잘 사용한다면 조금은 더 나은 결과가 있을 것이다.

아
껴
써
야
할
것

오래 하고 싶으면

열정을 아껴 써라.

달리기 시합을 예로 들었을 때

단거리를 전력으로 달리면

빠르지만 빨리 지치고,

장거리를 천천히 달리면

느리지만 늦게 지친다.

사랑이 빨리 식어버렸거나, 직장을 그만두었을 때처럼

타인에게 주는 만큼 받지 못했을 때

끈기가 없었던 것이 아니다.

최선을 다한 나머지

더는 뛰어야 할 힘이 남아있지 않은 것이다.

헬스장에서 트레이너로 일할 때 정말 열정적으로 일했다. 자동문이 열리고 첫발을 디뎠을 때 요동치던 심장 소리를 잊지 못한다. 뙤약볕은 물론, 비가 오거나 눈이 와도 장화를 신고 나가서 사람들에게 전단을 나누어 주었다.

헬스장 청소도 열심히 했다. 둘도 없는 좋은 멘토를 만났고, 더 열심히 일했다. 좋은 성과와 매출도 많이 올랐다. 10년 정도 된 헬스장의 최고 매출이 내가 있을 때 나왔다.

그렇지만, 최고일 때 그만두었다. 아무 이유도 없이 갑작스레 지쳐버린 것이다. 그만두던 달의 수당을 받지도 않았고, 뒤돌아보지도 않았다. 아쉬울 것이 전혀 없었기 때문이다. 무엇이든 오래 하기 위해서라면 아쉬움이 남아야 한다. 돌이켜 생각해보니 지독하게 쫓았던 것은 타인의 인정이었다. 인정 욕구에 불타오른 나머지 열정이라는 연료가 남아나지 않았다. 그렇지만, 인생에서 열정의 방전을 경험한다는 것은 정말 좋은 경험이다. 자신의 열정 용량이 얼마나 되는지 알 수 있게 하니까 말이다. 따라서 정말 하고 싶었거나, 적성에 맞는 일을 만나게 된다면 흥분의 전력 질주의 속도를 줄이고, 멀리 보고 오래 달릴 방법을 생각해 볼 수 있어야 한다.

못

누구나 가슴속에 커다란
못을 박고 산다.

억지로 그 못 빼지 말라.

시간 지나 빠져나와도
매울 수 없는 구멍이다.

언제 어느 때 박히고 빠지는지
미리 짐작할 수 없는 것
누구에게도 보여주고 싶지 않은 치부

당신의 못 또한 그럴 것이다.

무너져도 괜찮다

삶이 불안정할 때야말로
자신을 정비할 절호의 기회다.

자존감의 상승과 하락은
오롯이 자신의 선택이다.

인간과 사회에서 오는 고민이 없다면

극복과 성장은 없을 것이다.

다가오는 고난은 멈추는 법이 없다.

무너지는 것을 두려워하지 말라.

무너져도 괜찮다.

늦어져도 좋으니

일어서는 사람이 돼라.

0
%
시
작

가능성을 미리 짐작하지 말라.

경험으로 쌓은 데이터야말로

가능성이다.

어떤 일을 앞두고 두려워 않는 사람은

거의 없겠지만,

부딪치지 않고서는

무엇이 부족하고 필요 없는 것인지

알 수 없다.

41

'불모지가 노다지다.'라는 말을 주로 쓰는 편이다. 우리 국밥집도 돼지열병을 알리는 신호와 죽어가는 상권에 자리 잡았다. 물론 살아 있는 상권에 들어갈 것인지, 죽어 있는 상권을 살려볼 것인지에 대한 고민은 많이 했다. 21세기는 반드시 다방면의 시야를 가져야 한다고 생각하고 있었고, 발로 뛰면 된다는 치기로 지금껏 살아왔기 때문에 치기가 가시기 전에 비용적으로도 저렴한 죽어 있는 상권을 택했다.

내 홍보 수단은 오래전부터 변함이 없다. 남들이 어떻게 편하게 광고할지 생각할 때, 어떻게 힘들게 광고할지 생각하고 반드시 행동으로 옮기는 것이다. 주변에서 굳이 일을 그렇게까지 하냐고 물어올 때면 발로 뛰고 보고 느끼는 것보다 확실한 것은 없다고 답했다. 나쁘게 생각하면 고집이 세다고 볼 수 있겠지만, 전단 한 장 한 장을 진심 어린 마음으로 나누어주고 꾸준히 노력했을 때 효과를 헬스장에서 일할 때 느낀 확신이 있어서다. 근거 없는 이야기지만, 1861년(철종 12) 〈대동여지도〉를 제작한 편저자 김정호는 27년 동안 전국 방방곡곡을 답사하고 실측한 것으로 전해지고 있다. 우리는 옛 선조들의 악습을 개선해왔다. 다만 발로 뛰는 강인함은 배울 점이다. 덧붙여서 버틸 줄도 알아야 한다.

이 글을 집필하는 지금은 확산력이 매우 강한 코로나19 바이러스로 인해 감염자가 속출하고 있다. 단골도 끊겼을 뿐더러 발로 뛸 수도 없는 상황이다. 이처럼 예상할 수 없고 막기 어려운 일들이 벌어지고는 한다. 현재로서는 잠잠해질 때까지 버티는 방법뿐이다. 버텨낸다면 이 또한 경험이 되어줄 것이며, 가능성에 밀접한 영향을 미칠 것이다.

전
부

상처를 크게 받는 이유가 있다면
특정 분야 또는 특정 사람이
나의 전부라고 생각했기 때문이다.

무엇보다 오롯이 자신만이 전부다.
나를 다른 무엇에 던지지 아니하고,
자신 안에 무엇이든 담아야 한다.

43

글을 쓰는 작가에게는 글이, 축구 선수에게는 축구가, 요리사에게는 요리가, 화가에게는 그림처럼 저마다 전부라고 생각하는 분야가 있다. 나 또한 얼마 전까지는 글이 전부라고 생각했었기 때문에 좋은 글이 나오면 기뻐했고, 안 나오면 슬퍼했다. 그 와중에 본격적으로 장사를 시작하게 되면서 글과 더 멀어졌다. 좋은 글감을 많이 놓치기도 했고, 나아가서 글을 잊어가기도 했다. 그 스트레스가 쌓이자 막대한 혼돈에 휩싸이게 되었다.

실제로 두 글자 쓰면 손님이 들어오고, 세 글자 쓰면 배달을 가야 했다. 책은 끊었다가 읽을 수 있지만, 글쓰기는 끊었다가 쓸 수 없다는 생각이 많이 밀려왔다. 그러다 장사만을 할지 글만을 쓸지 극단적인 선택에 이르기까지 했다. 글을 내려놓아 보기도 하고, 폐업을 생각해보기도 했다. 결국에는 가게 문을 닫고 생각할 시간을 가졌다. 사흘 동안 아무것도 하지 않았다.

그랬더니, 결국 먹고 사는 것이 우선이기 때문에 가게 문을 열고 싶어졌다. 글 또한 시간이 날 때 조금씩 쓸 수 있었다. 가게와 글이 방해되었다는 생각은 핑계였다. 전부 내려놓았더니 알 수 있었다. 내가 이미 담아낸 분야였다는 것과 전부는 오직 자신이라는 것을 말이다. 힘들고 무언가 방해될 때, '사실, 내 안에 모든 것들이 있다.'라고 생각해본다면 한결 편안해질 것이다.

덧붙여서 하소연을 조금 해보자면 글을 쓰는 시간이 완벽히 확보되

지 않았지만, 포기를 경험하고도 두 글자, 세 글자를 이어 이어서 만들어
진 책이 다름 아닌 이 책이다. 지금도 나는 배달 음식을 들고 나서는 길
이다.

돌아오는 길에 이어서 쓸 멋진 문장이 떠올랐으나 바람과 함께 까먹
어버렸지만 말이다.

성격과 마음

마음이 상하지 않는 사람은 없다.
판정 즉, 상하는 온도가 다를 뿐이다.

성격이 좋은 사람도 마음이 상하지 않으리라는 법은 없다.
같은 실수를 저질러도 마음이 상하는 사람이 있고,
그렇지 않은 사람도 있다.
더 나아가서 이것이
사람을 거르는 기준이 되기도 한다. 비교되기 때문이다.
우리가 알아야 할 사실은 저마다 마음이 상하는 온도가
다르다는 것이다.
지혜로움을 겸비하겠다면 익혀야 할 안목이다.

카페에서 커피 한잔을 시켜놓고 책을 읽었던 적이 있다.
요란하게 그릇을 던지듯이 설거지를 하는
직원의 모습에 기분이 상해서 몇 장 남지 않은
책을 덮고 카페를 나왔다.
그 모습을 본 또 다른 사람은 이렇게 생각할 것이다.

'저 사람 오늘 안 좋은 일이 있었나 보다' 라고

만
만
한
사
람

흐지부지한 사람은

만만한 사람이다.

흐지부지한 삶을 살면 암묵적으로

갑과 을이 나누어지는 사회에서

설령 갑이라 하더라도

을보다 못한 삶을 살아야 한다.

흐지부지함은 게으름에서 온다.

선택의 갈림길에 설 때마다

확신하지 않는 것을 믿어야 하므로

반복적인 피해가 누적된다.

두 발로 뛰지 못하고

모르는 것을 알기 위해 지식을 쌓지 못했기 때문이다.

타인에게 피해를 주지 않는 자기 합리화는

정신 건강에 이로울 수 있다.

다만, 자기 합리화에 지배를 받아서는

안 될 것이다.

일기

털어놓지 못할 고민

소화할 수 없는 스트레스

엉켜버린 생각들

나만의 공간에 솔직하게 털어놓고

보기 좋게 나열해서 풀어 보자

그러다 보면 내 안에

최선의 해결책이 있었다는

사실을 깨닫게 될 것이다.

성장은 힘든 시기에 이루어지고는 한다.

극복이 따라오기 때문이다.

웃긴 것은 쉽게 잊어버리고 자만한다는 것

일기는 과거의 나 자신을

언제든 다시 만날 수 있게 한다.

그리고 기억할 수 있는 자료가 되어준다.

자발적으로 일기를 썼던 나이는 17살 정도였던 것 같다.

그 후로 어른스럽다는 말을 자주 듣고는 했다.

그 때문에 자만하기도 했으나,

다시 펼쳐 자신을 다스리기도 했다.

.

돈으로도 안 되는 것

얼굴은 고칠 수 있으나,
마음은 고칠 수 없다.

인성이 좋은 사람이 되려면 획 하나 더 그어
자신에게 문제점이 있을 수 있겠다는 것을
인정할 수 있어야 한다.

그럴 수 있다면 달라지는 것은 시간 문제다.

숲을 보는 방법

편견에 휘둘리지 않는 사람이 되는 방법은

경험해보거나, 그 분야의 지식을 쌓는 것이다.

숲을 보라는 말은 숲을 아는 사람이 한 말이지만,

흙과 잡초도 모르는 사람에게는 해당 없는 말이다.

자신이 경험하거나 이해하고 있는

분야가 아니라면 이기심을 내세워

판단하려 들지 않는 것이 현명하다.

우리는 모든 것을 몸으로 느끼고

뇌로 깨닫고 마음으로 배워야 한다.

친누나가 가끔 하는 말이 있다.

"네가 군대에 입대하고 나서부터는

군인을 유심히 보게 됐고,

오토바이로 배달을 한다고 했을 때는

눈엣가시였던 우리 동네 기사님들이 걱정됐다.

헬스 트레이너를 할 때는

뙤약볕 거리에서 나눠 주는 전단을

그제야 눈여겨 읽어 봤다."라고

실전과 경험

조건을 따지며 아무것도 못하는 천재보다,

무엇이든 시도하는 바보가 낫다.

아는 척으로 머물 것이 아니라,

피부로 느껴, 아는 바보가 돼라.

맛집이라 해서 찾아갔는데 정작 자신이 먹었을 때는

맛이 없었던 경우가 종종 있었을 것이다.

반면에 유명하지도 않은 자신만의 맛집이 하나쯤은 있다.

음식점도 이곳저곳 먹어봐야 입맛에 맞는 식당을 찾을 수 있다.

인간은 저마다 입맛부터가 다르다.

세상에 모든 이론은

실전으로부터 탄생하지 않았는가?

1999년 MBC에서 방영한 ≪허준≫이라는 드라마가 기억난다. 이 드라마를 봤다면 스승 유이태(이순재)가 죽으면서 제자 허준(전광렬)에게 장기를 내보이는 장면을 본 적 있을 것이다. 유이태가 허준에게 남긴 편지 중에는 이런 말이 이렇게 쓰여 있었다.

"명심하거라. 이 몸이 썩기 전에 지금 곧 내 몸을 가르고 살을 찢거라. 그리하여 사람의 오장과 육부의 생김새와 그 기능을 확인하고, 몸속에 퍼진 삼백예순 마디의 뼈가 얽히는 이치와 열두 경락과 요소를 살펴 그로써 네 의술의 정진 계기로 삼기를 바란다."

사실, 유이태는 허준의 스승이 아니다. 동 시대 사람이 아니기 때문이다. 그렇지만, 이 드라마는 명작 중에도 으뜸가는 드라마였다. 무려 최고 시청률 64.8%를 기록했고, 당시 고교 수재들의 운명을 바꾸었으니 말이다.

전하려는 메시지는 다음과 같다. 새로운 일을 앞두고 미리 두려워 말라. 이론이라는 것은 망치를 쥐는 법과 휘두르는 법을 알려줄 뿐이다. 억압되어 있는 틀을 깨는 망치질은 오롯이 실전을 통한 경험이다.

은혜

타인에게 진실로 감사한 마음이 들 적이 있다면
더 바라고 의지하려 들 것이 아니라,
그날을 은혜 받은 날로 기억하고
반드시 갚을 준비를 할 수 있어야 한다.
은혜는 내버려 두면 당연한 것이 되거나,
익숙한 것으로 둔갑한다.
그리고 점차 잊힌다.

벤저민 프랭클린이 한 말이 있다.

"받은 상처는 모래에 기록하고, 받은 은혜는 대리석에 새기라."

이 말을 아주 좋아한다.

인간의 덕목 중의 하나로 꼽을 만큼 말이다.

유년 시절에 나는, 배가 아주 고팠었다.

그 당시의 친구 어머니를 그리며

신춘문예 시조 부문에 지원했던

낙선작 ≪구두 한 켤레≫를 덧붙인다.

이 시조는 마음에서 흘러나오는 말을 그대로 받아쓴 것이다.

그날 밤 감사함에 많은 눈물을 쏟았다.

구두 한 켤레

배고파 참다 참다 친구 집 벨 눌러본다.
어머니 반겨주며 현관문 열어준다.
소시지 달걀부침에 목숨 부지, 한 숟갈

눈치껏 밥 위주로 허겁지겁 삼켜낸다.
밥그릇 다 비우면 한 그릇 더 떠준다.
밥시간 아닐 때 가면 내 밥상만 차린다.

따듯한 밥을 먹고 따듯한 물로 씻어
가난한 배움이란 선생님을 알게 되고
어머니 은혜를 새긴 내 나이 열다섯

남색의 여성복이 어울렸던 어머니께
이 다음 성공하면 비싼 구두 신겨주며
눈물로 되새김했던 큰절 한 번 올리리

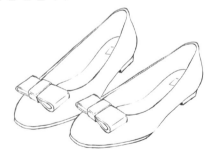

머무는 것

목표를 위해 나아가다 보면
생각했던 것, 계획했던 것과
다른 길을 만나게 된다.
그때는 고집을 잠시 접어두고

멈추어서,
현실을 수용할 시간을 갖자
다음 신호는 또 오니까 말이다.

얼마나 빨리 갈 것인가?
얼마나 멀리 갈 것인가?
삶에 있어서 나아간다는 것은
매우 중요하다.

더 중요한 것이 있다면

멈추는 것이다.

멈추어야 할 순간에 멈추지 못하면

시간과 에너지를 소비하며

낭패를 초래할 수 있다.

혜민 스님께서도 멈추어야 비로소 보인다고 했다.

아이에게 첫 자전거를 선물한 부모는

"잘 나가니? 승차감은 어때?"라는 질문보다

"잘 멈추니? 브레이크는 어때?"라는 질문을 먼저 건넨다.

지
혜
의
눈

보이는 것은 누구나 볼 수 있지만,

보이지 않는 것은

노력 없이 볼 수 없다.

보이는 것만 믿지 않는다고 착각하며 사는

수많은 사람 중에 진실로 보이지 않는 것을

볼 수 있게 해주는 사람이 있다면

그러한 사람이 참된 지도자의 자격이 있지 않을까? 라는

생각을 가끔 해보고는 한다.

쉽게 설명해서 여러 처지를 이해할 수 있는

경험이 풍부하고 광범위한 사람인 것이다.

이것은 누구나 노력하면 만들 수 있다.

그러나 대부분 경험을 악용한다.

지혜의 눈을 가진다는 것은 사실상

쉽지 않은 일이다.

누구에게도 피해 없는 선을 상황마다

그려낼 수 있어야 하니까 말이다.

타인과 경쟁하며 이겨내야 하는 것이

당연시돼버린 우리로서는 생각지도 못한

이야기가 아닐까 싶다.

택시를 타고 가다가 골목 사거리에서 다른 차량과 부딪힐 뻔한 적이 있다. 젊은 상대 운전자가 차에서 내려 택시 기사님께 욕을 퍼부었다. 요금이 조금씩 오르는 것을 보고 있다가 차에서 내렸다. "서로 다치지 않았으면 됐지, 아버지뻘 기사님께 뭐 하는 짓입니까?"라고 한마디 던졌다. 좋지 않은 말들을 몇 번 주거니 받거니 하다 다시 차에 올라서 가던 길을 마저 향했다.

이 일이 있고 얼마나 후, 이번에는 내가 비슷한 장소에서 택시와 부딪힐 뻔했다. 차에서 내려 택시기사님께 욕을 퍼부었다. "운전 조심히 하세요. 도로 위의 무법자이신가요?" 무심한 말을 내뱉고는 문을 쾅 닫고 가는 길에 아차 싶었다. 아, 이것이 견해차구나! 보이는 것이 다가 아니었구나!

마음의 평온

어떠한 것에서

매일 같이 충격을 받아도

언젠가는 마음의 평온이 온다.

만약 찾아오지 않는다면

그것은 마음이 담을 수 없는 것이다.

원숭이가 나무를 잘 오를 수 있는 까닭은

수없이 떨어져서 터득한 착지법 때문이다.

떨어지는 것에 대한 두려움이 없었겠는가?

나 또한 공수부대에서 군 생활을 했었는데

공수 기본 훈련을 3주 동안 받아야만 했다.

신체 오개 부위를 이용한 착지 훈련이 대부분이었다.

착지를 잘못하면 뼈는 기본으로 부러지기 때문이다.

덕분에 양쪽 정강이에 피로골절이 생겼었다.

그만큼 훈련이 가혹했다.

굳이 이럴 필요가 있냐며 훈련 내내 투덜거렸었는데

첫 강하에서 낙하산이 펼쳐지고 두 발이 땅에 닿을 때

착지하며 의식과 상관없이 구르는 내 모습에

이럴 필요가 있었다는 것과 노력이 헛되지 않았다는 사실을 알 수 있었다.

우리 가게의 국밥을 자주 시켜 먹는 단골손님이 있다. 유독 그 손님에게 배달 갈 때만 실수를 했다. 처음에는 새우젓을, 다음에는 부추를, 그다음에는 소면을 빼 먹었다. 반복하다 보니 손님과 친해지고야 말았다. 대신에 실수가 있을 때마다 빠진 음식을 다시 가져다주면서 음료수 서비스를 전했다. 이제는 음식을 전해주면 그 자리에서 확인하고 빠진 것이 없을 때 "오늘은 음료수 못 얻어먹겠네요."라는 말을 한다.

사랑도 마찬가지다. 나는 순정적인 사랑법을 지향하는데 정말 사랑했던 그녀에게 나는, 남에게 주기는 싫었고 가지기는 싫은 남자였다. 그녀는 내게 철새가 날갯짓을 잠시 멈추고 쉬어가는 정도에 불과했다. 몇 번 반복 되니 또다시 떠나갈 것이라는 두려움에 떨지 않게 되었다. 그때마다 눈물을 감출 수는 없었지만, 마지막 떠날 때의 날갯짓을 보기 전쯤에는 아껴주지 않았다. 충격을 예방하는 가장 빠른 방법은 충격을 받아보는 것이다. 될 수 있으면 많이 말이다.

종이
와
펜

주변을 아무리 둘러봐도
위로해 줄 사람 없이
악정 삼을 사람만 남았다면
차라리 종이와 펜을 들어라.

속을 드러내지 않는 사람은 두 가지다.

강한 사람이거나, 속이 문드러진 사람.

약한 사람은 자신을 위로해 줄 사람을

계속해서 찾으려고만 한다.

그러다 자기 일을 스스로 해결할 수 없는

경지에 다다르게 된다.

자신 안에 해결책이 있다는 것을

인지하지 못하는 것이다.

가면 갈수록 박해지는 세상이기 때문에

자신을 넘어 타인을 위로할 수 있는

우리 서로가 되어야 한다.

그러기 위해서는 먼저,

자신을 위로할 수 있어야 한다.

문제가 무엇인지 해결 방안이 무엇인지
자신 안에 없다면 채워 넣으면 된다.
종이와 펜을 들어보라.
또한 타인을 위로해야 하는 순간이
찾아오면 반드시 생각하라.

타인을 위로하면서도 나를 위로할 수 있다고
오늘 이 사람을 감당할 수 있다고
약점 삼지 않을 것이며, 안아줄 거라고
오늘 들었던 말은 모두 흘려보낼 거라고

오
기

질타와 무시는 오기를 만들어낸다.

그것이 중첩되어 쌓이면

비로소 독기가 된다.

그 아까운 것들을 털어내지 말라.

잘 되고 싶은 다짐과 꿈을 이루고자 한다면

더 좋은 것만을 찾아 나서거나 기다리는

마음을 어느 정도 바꾸어야 할 필요성이 있다.

좋은 것만 모으다 보면 그중에서도 나쁜 것이 생겨나고

눈만 높아질 확률이 높아진다.

어떠한 사람이 되고 싶다면 어떠한 칭찬을 모아야 한다. 그것이 타인으로부터의 '인정'이다.

그렇다고 좋은 것만 모으고 나쁜 것은 털어낼 필요는 없다. 원했던 목표에 이르렀을 때 질타와 무시가 무엇보다 값진 연료가 되어주었다는 말 정도는 남겨두어야 하지 않겠는가?

첫 책 ≪나무그늘 뒤죽박죽 글귀 에세이≫를 출판하고 받은 인세로 자선 활동을 할 것이라 말했더니 생각보다 비웃는 사람이 많았다. 지금 당신은 나의 두 번째 책을 읽고 있으며, 자선 활동에 동참해 주었다. 독기를 만들어내며 활용할 줄 아는 사람은 지치지 않는다.

뒷걸음

과거에 잘했다는 말 하지 말라.

지금껏 발전 없이 살아왔다는 것을

인정하는 것이 된다.

지금이 과거가 되었을 때

과거보다 잘한 자신이 되기를 바라야 한다.

세월의 흐름은 일정한데

뒷걸음 말아야 하지 않겠는가?

67

"옛날에는 말이야 고가의 물건도 고민 없이 샀어.", "몸매가 날씬해서 바람 불면 휘청거렸어.", "나 좋다고 따라다니는 사람이 얼마나 많았는지 알아?"라는 말처럼 현재가 과거보다 못하므로 과거를 회상하게 되는 것이다. 내가 생각하기에는 과거에 잘했다면 세월에 상관없이 여전히 잘해야 하거나, 차라리 현재보다 못했던 과거를 회상하는 것이 바람직하다. 그러기 위해서는 나이를 불문하고 매사에 자만하지 않는 태도가 필요하다.

또한 대표적으로 많은 사람이 돈에 대해서 비교하는데, 과거보다 현재에 돈이 없어서 후회하고, 미래에는 반드시 더 많은 돈을 저축할 것이라 다짐한다.

이쯤에서 전하고 싶은 메시지가 있다.

자본주의에 다다를수록 행복하게 살 방법이 있다면 돈을 좇지 않고도 더 최선을 다하는 사람이 되는 것으로 생각한다. 그야말로 좇던 돈을 앞질러 가는 것이다. 지금이 불황이라는 것을 모르는 사람은 없다. 이러한 태도를 가진 사람이 많으면 많을수록 회복과 발전이라는 단어가 우리에게 친숙해질 것이다.

점

인생은 선

매 순간이라는 점이

이어진 선

내일은 삶의 연장

무엇 하나라도 점을 찍듯

기억에 남는 하루를 살라.

시공간 현실에 살아가는 우리는

누구나 시간이 빠르다고 생각할 것이다.

새해가 밝아오면 머지않아 1월이 지나간다.

조그마했던 이웃집 꼬마가 어느덧 훌쩍 커 있다.

건강했던 몸에서 아픈 곳들이 생겨난다.

이처럼 내가 느꼈던 모든 순간은 변한다.

새 생명이 태어나고 그 생명이 흙으로 간다.

이 말이 이해가지 않는다면 태어나지 않았던

시대의 풍경 속 인물을 찾아보라.

그들도 땅으로 갔다.

점을 찍어보라.

지금 들고 있는 책이며, 커피잔이며

보고 느끼고 두 눈을 찔끔 깜박여보라.

스마트폰을 꺼내어서 사진을 찍어보라.

모든 것은 사소한 것에 있다.

점을 찍지 못했다면 쉼표를 남겨두어라.

그 또한 점이다.

어릴 적 자주 가던 동전 오락실과 친구들, 그토록 아끼던 축구공도
다시는 찾아볼 수 없지만,

그 모든 것에 점을 찍을 수 있어서 다행이다.

능력

배려심이 깊은 사람은

많은 것을 경험했을 것이며,

이해심이 깊은 사람은

많은 입장을 알고 있을 것이다.

저마다의 인성은 광범위하다.

배려와 이해를 바라는 것은 욕심이다.

이러한 능력을 갖춘 사람을 본다면

인간의 성품에 대해 존경을 표하라.

배달대행기사 조끼를 입고 헬멧을 쓰면

사람이 달라 보이는지

편의점에서 담배 한 갑을 사고

만 원짜리 지폐 한 장을 건넸을 때

배달원이니까 잔돈이 있을 것이라는 생각으로

"잔돈 없으세요?"라고 묻는 사람이 있고,

말없이 거스름돈으로 천 원짜리 다섯 장과

백 원짜리 동전 5개를 내어주는 사람이 있다.

전자가 나쁜 사람이라는 것이 아니다.

후자의 배려심과 이해심의 범위가 넓은 것이다.

이 차이는 타인의 마음을 움직인다.

원망

원망은 자신을 먼저 통하며,
미래로부터는 어떠한 변화를
가져올지 알 수 없다.

원망은 현실에 놓인 자신이 무능하다는 생각이 들 때 주로 나타난다.

무엇이든 자신의 선택이었다는 것을 인지하지 못하면 타인의 주장과 고집을 꺾지 못한 것을 모르게 된다. 타인을 원망하는 것은 자신을 원망하는 것과 같다. 어떠한 순간에도 자신을 확신할 수 있어야 한다.

군대를 전역하고 헬스장에서 일하고 싶었고, 잘 할 수 있었던 헬스트레이너의 꿈을 키워가던 중 회원 관리 파일과 헬스 관련 저서들을 뒤로한 채 가기 싫었던 정육점 사원으로 가게 된다. 아버지의 강압적 권유였는데 주관이 부족했던 탓이었다. 그렇지만, 나름대로 적응해나갔다.

정육점 사장님은 15년 육가공 공장에 몸담으셨던 발골(拔骨) 장인이었다. 손질된 고기를 받을 필요가 없었다. 소고기든 돼지고기든 직접 뼈를 발라내서 팔았다. 그러다 보니 자연스럽게 고기를 보는 눈과 돼지 한 마리 정도는 거뜬하게 뼈와 고기를 분리할 수 있는 실력을 갖추게 되었다.

그러나 가게의 위치가 어르신들이 들끓는 시장이었던 것과 쉬는 날이 거의 없었던 타지 생활에 이내 지쳐 버렸다. 가끔 들려오는 승승장구

73

하는 동료 트레이너들 소식에 아쉬움이 증폭되었고, 머지않아서 아버지에 대한 원망을 가득 안고서 정육점 일을 정리했다. 그 원망이 정말 오래 갔다. '트레이너를 계속했었다면 어땠을까?'하는 기대감 때문이었을 것이다. 늘 아버지가 삶을 망쳐 놓았다고 생각했다. 그러나 지금은 내 원망이 섣불렀다고 생각한다. 알 수 없는 앞날 때문이라 해두자.

그 후로 시간이 제법 흘러 국밥집을 창업하게 되면서 많은 변화가 찾아왔다. 탄탄하게 익힌 발골 기술과 고기를 보는 눈 그리고 정육점 사장님이라는 인맥까지 정육점 시절에 국밥집을 하기 위해서 없어서는 안 될 능력을 미리 얻게 된 것이었다. 오픈을 곧 앞두고 받아 쓸 고기 단가 때문에 골머리를 앓던 중 정육점 사장님께 도움을 청했다. 그만둘 때 뒤도 돌아보지 않았었고, 그 이후로 첫 연락이었다. 죄송한 마음이었다. 필요할 때 찾은 꼴이 되었지만 어쩔 수 없었다. 사장님께서는 언젠가는 연락 한번 올 줄 알고 있었다고 말씀하시면서 괜찮은 고기 업체라며 연락처를 건네주었다. 아니나 다를까 내가 알아본 여러 업체보다 매우 저렴했다. 무엇보다 15년 장인의 말이니 믿을 수 있었다. 이러한 일들을 보면 모든 고난에는 그것에 대한 사유가 있다는 것을 알 수 있다.

원망은 결국 나를 먼저 통해 증폭되기도 하지만, 미래로 가는 동안 어떻게 바뀔지 모른다. 돌이켜 보면 결국 자신의 선택이었다. 원망이라는 것을 군이 참을 필요도 없다. 과거는 바꿀 수 없지만, 미래는 모른다. 그 원망 조금만 더 내버려두라.

고
독

고독은 밤하늘 달빛 같은 것이다.

모든 것을 내려놓고

온전한 나를 만나는 순간

비추어지는 내면의 거울이다.

바쁘게 돌려쓰던 가면을 벗거나

늦은 시간 편의점에 들러 맥주를 사서

고요한 우리 동네를 거닐며

집으로 돌아갈 때처럼 모든 것이

고독의 사유가 되어 밀려온다.

외로워서 힘들어서 지쳐버려서,

벗어날 필요는 없다.

그 순간을 느껴라.

일 년 중에 하루 정도 정말 고독한 날이 있다. 그날은 주로 내 생일인데 왠지 모르게 혼자만의 시간을 보내고 싶다. 동네와 떨어진 곳으로 가서 낚시하거나, 경치 좋고 공기 좋은 카페를 찾아 나서기도 한다.

23:50 분쯤에는 마무리로 집 근처 고요한 산속 드라이브 코스에 있는 정자에 앉아서 내일을 기다리며 햄버거 세트를 먹는다. 꼭꼭 씹어 넘기는 햄버거에 지나온 일 년을 곁들이면서 말이다.

사람의
맛

부지런한 사람과 게으른 사람의 차이는

몸이 여러 개였으면 하는 바람과

끝없이 휴식을 갈구하는 바람으로

간단하게 나뉜다.

우선, '부지런한 사람이 좋은 사람이고

게으른 사람이 나쁜 사람이다.' 라는

편견을 내려놓을 수 있어야 한다.

예를 들어 직장에서 동료들보다

월등하게 일을 많이 하거나,

현저하게 일을 하지 않을 때는

피해가 되므로 따져볼 필요성이 있겠지만,

피해가 없다면 알아서 살도록 놔두는 것이 좋다.

게으르다는 생각 때문에 자괴감이 들었던 적이 있을 것이다. 부지런해 보이는 누군가를 보거나 작심한 것을 사흘 만에 어기는 등 말이다.

나는 늦잠을 정말 좋아한다. 잠드는 것도, 일어나는 것도 잘 못 한다. 학교 다닐 때는 지각 왕이었다. 그 여파로 직장 생활에서도 문제를 많이 일으켰다. 지금은 자연스레 많이 고쳐졌지만, 5분만 더 자는 행복감을 아직도 즐기는 편이다.

또한 잠이 적은 사람과 잠이 많은 사람을 보고 신기해할 필요도 없다. 인간은 저마다 선천적으로 어느 정도의 수면량이 정해져 있기 때문이다.

우리는 바쁘게 살아간다. 돈도 벌어야 하고, 아이의 양육, 운동, 취미 생활까지 할 것이 너무 많다. 나도 장사며, 운동이며, 집필이며, 인간관계며 할 것이 너무 많아서 한탄을 자주 한다.

그래도 삶의 맛이 있다면 이런 맛 아니겠는가?

고
요
속
의

외
침

입이 가벼운 사람을 곁에 두어서

이미지가 훼손된 것보다는

자신이 정직하지 못했던 것에

비중이 조금 더 크다.

사실 입이 가볍고 무거운 사람이

정해져 있는 것만은 아니다.

좋아하는 사람이거나 싫어하는 사람에 따라서

입의 무게가 달라지기도 한다.

우리가 알아야 할 것은 모든 사람이

나를 좋아해 줄 수 없다는 것이다.

누가 나를 싫어하는지 맨눈으로

구별하는 것과 타인의 시선을 신경 쓰지 않는 것은

정말 어려운 일이다.

KBS에서 방영한 〈가족오락관〉이라는 프로그램에서
진행했던 '고요 속의 외침'이라는 게임을
모르는 사람은 없을 것이다.
큰 음악이 나오는 헤드폰을 끼고
서로에게 단어를 올바르게 전달하면 성공이다.
말의 전달은 이와 비슷하다.
아무리 좋은 말을 전달해도
어떻게 받아들일지는 상대방의 마음이다.

이
것
저
것

끈기가 부족한 것이 아니라
끈기 가득할 수 있는 일을
만나지 못한 것이다.

자신이 잘 할 수 있는 일은
이것저것 해보지 않고서는 알 수 없다.
또한 하고 싶은 일을 더는 못하게 되더라도
분명, 더 좋은 일을 찾을 수 있다.

과연, 몇 가지 일을 갈아치우며 삶을 살아가는 것인가?

그것을 세어는 보았는가?

인간관계, 적성, 열정, 호기심 등 우리를 움직이게 하는 사유는 셀 수
없이 많다. 이것도 해보고 저것도 해보라. 무엇이 문제인가? 과연 무엇이
나의 자괴감이 되는가? 타인?, 끈기? 하기 싫어서 다른 것이 하고 싶어서
그만두었을 뿐인데, 이것이 무슨 문제라는 말인가?

아무것도 시도하지 않았을 때는 문제가 될 수도 있겠지만, 누군가 한
가지의 일을 오래 하는 것을 보고 자신을 빗대지 말라. 그가 투덜거릴지
몰라도 아마도 그는 끈기 가득할 수 있는 일을 만났을 것이다.

도
피
와
깨
달
음

맞닥뜨린 현실의 해결책은
또다시 현실에 있다.

현실에서의 행복감은 이미 당연한 것이
되어버리지는 않았는지 손꼽을 만한
불행감 몇 가지 때문에 불행한 사람이
되어버리지는 않았는지
현실에서 도피해 보면 알 수 있다.

불행감을 털어보기 위해 오지로 현실 도피를 한 적이 있다. 그곳은 인적 없고 낡은 집 한 채조차 없는 자연 그대로의 땜이다. 밤이 오면 오롯이 달빛에만 의존해야 하고, 황소개구리가 쉬지 않고 울어댄다. 고라니가 뛰어다니고 주변에서 멧돼지 울음소리가 들려오기도 한다.

그날은 일기예보가 무색하게 새벽 소나기가 내렸는데, 머리 위로 겹겹으로 뻗은 나뭇가지와 그 잎들 덕에 생각보다 많은 비를 맞지는 않았다. 새벽이 지날 때쯤 조금 떨어진 곳에 양계장이 있는지 아침이 밝아올 때까지 닭들의 고함이 울려 퍼졌고, 이내 따사로운 햇살이 아침을 몰고 오자 뻐꾸기 소리와 함께 백로가 날아들어 육지에서 수면을 한참 동안 바라보는데 먹이가 나타날 때까지 기다리는 것 같았다.

점심쯤이 되자 그제야 그 아름다운 곳에서도 다시 돌아가고 싶다는 생각이 들었다. 주체하지 않고 깊게 빠지면 무릎까지 잠기는 늪을 건너 30여 분 정도를 걸어 흙탕 범벅이 된 몸과 무거운 짐을 들고 그곳을 나왔다. 집으로 돌아가면서 생각했다.

'현실을 포기할 만큼 불행감이 크지 않았구나.' 잠깐의 현실 도피에서 많은 깨달음을 얻었다. 잠을 자다가 꿈에서 깨어 '꿈이라서 다행이다.'라며 가슴을 쓸어내린 적이 있을 것이다. 그러한 꿈 같은 깨달음 말이다.

소
망
과

하
고

싶
은

일

내일 당장 죽는다면
무엇을 가장 후회하겠는가?
떠오르는 것이 있다면
그것이 앞으로의 소망이며
진짜 하고 싶은 일이다.

아무것도 떠오르지 않을 것이다.

생각해본 적 없을 테니 말이다.

오늘은 어제의 연장이며,

내일은 오늘의 연장이라는 것을 알고

다시 생각해보라.

그리고 메모해두었다가 훗날 펼쳐보라.

천국의 간부

안타깝지만 착한 사람이
갑자스레 삶을 마감하면
천국의 간부 자리가 또 하나
생겼다고 생각하고는 한다.

지금은 이 세상 사람이 아닌, 나를 아껴주었던 친구가 생각이 난다. 죽기 얼마 전까지 살고 싶다고 말했다. 18살 꽃 피울 나이에 삶을 마감했는데, 병명은 급성 백혈병이었다. 사교성이 떨어지고 고독함이 극에 달했던 학창 시절의 나와는 달리 친구는 씩씩하고 활발한 개구쟁이였다. 친구가 병을 앓기 전, 내 생일 날 혼자서 우리 집을 찾아와 창문을 두드린 적이 있었다. 나가보자는 말에 입을 옷도 없고 그냥 집에 있고 싶다고 답했는데, 입고 있던 검은색 악어 문양 긴소매 카라 티셔츠를 내게 벗어주며 이 옷 입고 나가자며 나를 다독였다.

눈을 감기 전 일주일 전에는 병원에서 용케도 나와 집으로 초대하고는 라면 두 봉지와 정성껏 구워낸 스팸을 대접했다. 머리칼도 없는 녀석이 땀을 뻘뻘 흘리면서까지 말이다. 그날 밤 병원으로 돌아간 친구에게서 문자 메시지가 왔다. "축하합니다. 당신은 복권에 당첨되셨습니다. 지갑 구석을 잘 찾아보세요. 친구야 그 돈으로 맛있는 밥 사 먹어라." 지갑을 확인해보니 눌러 접은 만원 지폐 한 장이 있었다. 이것이 친구와의 마지막 연락이었다.

그 후 세 번의 꿈을 꾸었다.

첫 번째는 출상이 있던 날 손 한 번 잡아달라는 꿈이었고, 두 번째는 사십구재가 있던 날 자전거를 타고 사막을 달리다 공교롭게도 편의점에 들러 물을 한 통 사주고는 거액의 수표를 내고 거스름돈은 가지라며 먼저 나가 있겠다면서 홀연히 사라졌던 꿈이었다. 세 번째는 얼마 전 이 책을 집필 중에 꾸었던 꿈인데 전화가 와서 받았더니 장난 전화를 위장한 친구였다. 거기는 살만하냐고 묻자 여기도 거기랑 비슷하다고 답하면서 말을 이어갔다. "너 혹시 여기 올 생각이면 지금은 이르니까 더 있다가 와."라고 말하고는 내 대답을 듣지도 않고 끊어버렸다.

이 친구는 나의 고독함, 라면 두 봉지 끓여 먹는 습관, 지금의 내 생각까지 나를 정말 잘 아는 녀석이 틀림없다.

흰
도
화
지

아직, 멀었다는 것은

가야 할 길이 남았음을 뜻하고,

부족함은 채울 것을 뜻한다.

달리 생각해보면 참 다행인 것이다.

처음 겪는 상황을 만나면 머릿속은

흰 도화지가 된다.

사실은, 학습과 경험의 습득력이

최고조에 이르는 순간이다.

정신력이 흐려진 것이 아니라,

원래 비어 있던 공간이다.

미리 준비할 수 없었던 상황들을

두려워할 필요가 없다는 것을 알린다.

자신의 멀고 부족함을 알게 되면 일시적으로 작아지기도 한다. 그러나 평생 모르고 살 뻔한 것을 알았으니 정말 기쁜 일이 아닐 수 없다. 가공되지 않은 보석을 발견했으니 다듬어서 반짝 빛을 낼 수 있으니 말이다.

나는 길치다. 수십 번 갔던 길을 또 잃어버리면서도 결국 찾는다. 가장 못 하는 것 중의 하나가 길 찾는 것이다. 마음에 드는 여성과 바다로 바람 쐬러 갔다가 길을 하도 헤매서 다음날부터 연락이 되지 않은 일화가 있다. 그런데도 내 직업은 배달원이다. 잘 찾지는 못해도 결국 찾아갈 수 있다는 확신이 있기 때문이다.

같은 잘못과 실수를 반복하더라도 결국 해결할 수 있다는 확신은 계속해서 부딪치는 사람에게 있다.

면접

나는 열매다.

새들이 쪼아대고

비가 내리고 바람이 불고

밟혀야만 땅에 묻힌다.

나무가 되려면

떨어져야만 한다.

내 안의 씨앗 때문에라도

2019년까지 109번의 입사지원서를 간절
하고 절박한 마음을 담아 보냈다. 채용 검진
에서 뽑아낸 피의 양만 해도 어마어마했다.
면접 때마다 내 차례는 거의 마지막이었다.
서류를 제출하면 항상 면접 현장에서 순서가
밀려났다. 고교 출결이 좋지 않았기 때문일
것이다. 몇 시간을 기다려야 하는 까닭에 책
을 한 권 챙겨가서 읽고는 했다.

고교 시절 3년이라는 시간은 향후 30년을 좌우한다. 우리가 사는 대
한민국은 아무래도 결과주의기 때문이다. 과정을 무엇으로 입증할 수 있

겠는가? 면접 때마다 고교 시절에 저녁에는 치킨집 배달원, 새벽에는 홀 서빙, 또 어떨 때는 헬스 트레이너였다고, 살기에 바빴다고 굳이 주절주 절 말하기는 싫다. 어떠한 말을 하더라도 그들이 원하는 결과에 미흡하 기 때문이다.

생에 첫 면접이 기억난다. 해군 UDT(underwater demolition team) 대원이 되고 싶었던 내게 여러 차례 도전 끝에 닿은 면접 기회였 는데, 면접관 한 분이 면접을 보러 온 사람들에게 물었다. "아버지는 무 슨 일을 하세요?" 누구는 해군, 누구는 해경, 누구는 선장, 대부분 바다 에 관련된 아버지를 두었다고 했다.

내 차례가 왔고 당당하게 말했다. "저희 아버지는 딱히 직업은 없으 시고 바다 밑에 케이블 설치하는 일을 가끔 하러 나가십니다. 그리고 낚 시를 정말 좋아하십니다." 그랬더니 "더 하실 말씀 있나요?"라며 물었다. "교전이 일어났을 때 겁에 질려 도망갈 사람을 뽑지 말고 싸움박질도 좀 해보고 남자답고 강한 사람을 뽑아주셨으면 좋겠습니다."라고 답했다. 물론 불합격이었다.

머지않아 모병관에게 전화가 왔다. 다음 기수에 지원하실 의향이 있 는지 물었다. "저처럼 고교 출결이 좋지 않은 사람이 최종 합격한 사례가 있습니까?"라고 물었다. 모병관은 답했다. "없습니다."

스
스
로

인성이라는 교과서는 자신 안에 있다.

경험을 통해 가슴으로 집필을 하고

스스로 접목하는 것이기 때문이다.

배려와 이해도 마찬가지겠지만,

만들어 놓은 것과 만드는 것에 차이는 매우 크다.

부모님은 내가 8살이 되던 해부터 야생마 같은 훈육을 했다. 물 먹고 싶으면 2L 페트병 5개를 가방에 메고 산에 가서 길러 왔다. 설거지는 기본이고 밥을 먹고 싶으면 지어 먹었다. 놀고 싶으면 놀고, 놀기 싫으면 안 놀았다. 중학교 1학년에는 10m 공기권총 선수 생활을 했는데, 은메달 하나 남기고 3학년이 되던 해 그만두면서 방황과 함께 중학교를 유급했다. 그 후 중학교 졸업 자격을 검정고시로 얻고, 또래보다 1년 늦게 고등학교에 입학했다. 고등학교 생활도 총결석일 수가 약 100일이 넘어서 턱걸이로 간신히 졸업했다. 내 유년과 학창 시절은 보기에도 엉망진창이었다. 누군가에게 의지할 여지조차 없었을 뿐더러 의지하지도 않았다. 학업의 중요함보다 시급 3,500원을 먼저 알았다.

그렇지만, 기억에 남는 선생님이 세 분 계신다.

한 분은 초등학교 4학년 때 담임 선생님이셨는데, 그때만 해도 일기를 담임선생님께 검사를 받았다. 어느 날 우리 반 학생들에게 내 일기 한 편을 읽어주시면서 눈물을 흘리시던 모습이 새록새록 하다. 어렴풋이 기억나는 문장이 '처음으로 지하철을 탔다. 계단에서 처음으로 노숙자를 보았다. 1억이 있었다면 전부 다 주고 싶었다. 내 주머니에는 천몇백 원이 있었다. 내 전 재산을 바구니에 담아주었다.'였다. 나머지 내용은 기억에 없다. 다만, 마녀같았던 선생님의 눈물이 나에게는 강렬했다.

두 번째 선생님은 중학교 2학년 때 담임선생님이었다. 담당 과목은 과학이었는데, 수업 시간이 되면 번호순으로 교탁에 나와서 5분 대담을 하게 했다. 내 차례 때, 인체의 신비에 대해서 준비를 해왔었는데 5분을 넘어 쉬는 시간 종이 울릴 때까지 즐겼던 것 같다. 남성의 고환의 크기는 좌우가 다르고, 여성의 유방의 크기도 좌우가 다르다며 이것저것 우리 반 아이들에게 지식을 알리며 논증했던 것 같다. 칭찬을 많이 해주셨고, 오시마 준이치 저자의 ≪커피 한 잔의 명상으로 10억을 번 사람들≫이라는 책을 선물해주셨다. 또, 아버지께는 수잔 포워드 저자의 ≪흔들리는 부모들≫이라는 책을 선물하셨다. 또 한 날은 학급 조회 시간에 표창장을 수여하는 시간이었는데 교탁으로 나를 불렀다. "위 학생은 어려운 환경 속에서도 아버지를 잘 모시고 용기와 희망을 잃지 않고 모범이 되었으므로 이 상장을 수여한다. 그러나 임주형은 자격 박탈이다."라며 말씀하시고는 다짜고짜 상장을 갈기갈기 찢어버리셨다. 그때 사고를 치는 바람에 징계를 받았었기 때문이다. 내 생에 첫 상장은 그렇게 사라졌지만,

나를 생각해주는 사람이 있다는 것에 큰 감동을 했다.

그나마 자랑하고 싶은 것이 있다면 다른 과목은 응시조차 하지 않았지만, 고교 시절 세 번째로 존경하는 선생님 과목의 시험은 가능한 100점을 놓치지 않았다는 것이다. 존경했던 이유가 있다면 학생을 위하는 마음이 진심으로 느껴졌기 때문이다. 이 선생님은 언제 터질지 모르는 폭탄 같던 나를 항상 믿어주셨고, 내 첫 책을 카카오톡 배경 화면에 두셨다. 이 점수는 지금까지도 무엇이든 할 수 있다는 자신감이 되어준다. 말하고자 하는 메시지는 다른 것이 없다. 오직 '스스로'다. 자신에게서의 배움이 부족하다고 생각이 들어야 타인에게 배우려 하듯 스스로 와 닿아야 한다. 다만 스스로 하라는 말을 혼자가 되라는 말로 오해하지 않아야 한다. 요즘 부모들은 자식을 잘 만들려고 한다. 자식 스스로가 자신의 삶을 만들어가는 방법을 알려주는 것이 우선이라는 생각이 든다. 세 분의 선생님들처럼 말이다.

정

정 많은 이의 돌아섬은
돌아보는 법이 없다.

할 만큼 했을 것인데
더할 나위가 있겠는가?

아홉 번 잘하고 한 번 못하는 사람은
그 한 번이 참으로 힘들었을 것이다.
또한 인정받을 수도 없다.
그러나 쌓아 올린 모든 것들을
뒤로 해도 좋을 만큼 옳은 결정이었겠지

다만 몇 번이고 돌아서려 해도
돌아설 수 없는 이들이 있다.

사실 대부분이 그렇다.
나 또한 그렇다.

반려동물

기다리는 것을 잘하는 것이 아니라,

기다릴 수밖에 없는

무지개다리를 먼저 건너가서도

나를 기다리는

조건 없는 세상 단 하나의 생물이다.

강아지가 새끼 때부터 죽음을 맞이하는

나이는 평균 15살 정도 된다.

우리 집에도 노년의 강아지 콩이가 있다.

아직 멀쩡하고, 내가 죽어보지 않았지만,

이렇게 믿음으로서 마음이 행복할 수 있다.

반면, 가족이 없거나 학대 속에 살아가는 반려견이 셀 수도 없이 많다.
자신의 보살핌 능력을 인정하고 잘 키우지 못할 것이라면 사랑받을 수 있
도록 좋은 주인에게 분양해주는 것도 좋은 방법이다. 남은 삶이라도 행복
할 수 있게 말이다. 내 오토바이에는 작은 수납 공간이 있다. 거기에 항상
통조림과 갖가지 간식을 넣고 다닌다. 길을 가다가 유기견이 보이면 데려
갈 수 없으니, 이거 먹고 오늘 하루 힘내고 자유롭게 방황하라고…….

왕복 10차선 건널목에서 하얀색 몰티즈 한 마리를 만난 적이 있다. 달려오는 자동차가 얼마나 위험한지도 모르고 촐랑촐랑 방황하기에 바빴다. 목줄도 채우지 않은 주인이 어떻게 생겼는지 궁금해 지켜봤다. 신호가 바뀌었는데도 주인은 나타나지 않았다. 결국 다음 신호에도 나타나지 않았다. 아찔할 정도로 위험해 보였다. 줄줄이 차가 달려왔다. 첫 번째 차는 간신히 피했고, 두 번째 차는 차가 놀라서 멈추었고, 세 번째 차는 "잠깐" 세우지 않으면 끔찍한 일이 일어났을 것이란 직감 때문이었을까? 큰 소리로 내가 세웠다.

'그래 손뼉 치면서 한 번만 불러보고 오지 않으면 돌아서는 거야.'라는 생각을 하고 "이리 와" 불렀더니 내게로 와서 안기는 게 아닌가? 우선 강아지를 안고 인근 동물병원으로 향했다. 요즘에는 마이크로칩을 강아지 몸속에 심거나, 목걸이를 하는 것이 법으로 정해져 있으므로 희망을 품었다. 동물병원에 도착해 수의사 선생님께 상황을 이야기했다. 그랬더니 무전기처럼 생긴 도구를 들고서 목부터 몸통까지 스치듯 검사했다. 다행히도 '삐' 하는 소리와 함께 칩을 발견했고 강아지를 맡기고 연락처를 남기고 돌아갔다. 십여 분 정도 지나자 병원에서 전화가 걸려왔다. "방금 주인이 찾아갔어요." 다행이었다. 다만 고맙다는 주인의 전화는 없었다.

또, 한 날은 어머니께서 생후 6~12개월 정도 된 암컷 포메라니안 한 마리를 집으로 데려왔다. 이 강아지 뭐냐고 물었더니 집 앞 공원에서부터 쫓아와서 주인이 나타날 때까지 한참 기다려 보았으나 탈진해서 죽을까 봐 잠시 데려왔다고 했다. 창문 밖으로 공원이 훤히 들여다보이기 때문에 기다려 보기로 했다. 어머니와 나는 주인이 30대 남자라는 것을 안다. 두 시간 정도 기다렸지만, 끝내 오지 않았다. 강아지를 안고 마이크로칩이 있기를 바라며 동물병원을 찾아갔다. 이번에는 칩이 없었다. 주인의 인상 착의를 알기 때문에 며칠 기다려보기로 했다. 정말 주인을 만나게 해주고 싶은 마음에 PC방에 가서 예쁘게 찍은 사진과 몇 가지 문구로 주인을 찾는다는 포스터를 100장 인쇄했다. PC방 직원은 사장님 오시기 전에 색채 인쇄를 흑백 인쇄 가격에 해주었다. 무더운 여름이었지만, 오토바이를 타고 다니면서 공원 부근과 반경 1km 정도 되는 길거리 눈에 띌 만한 곳에 꼼꼼히 부착했다. 인터넷 사이트와 애플리케이션에도 알렸다.

정작 주인의 연락은 없고 강아지 교배 업자들만 줄줄이 연락이 왔다. 교배 업자 중에는 끝까지 본인 강아지라고 우기는 끈질긴 사람도 있었다. 강아지에게 혹이 있는데 수술비 약 100~200만 원 정도와 마이크로칩을 심지 않은 것에 대한 벌금을 내가 보는 앞에서 낼 수 있다면 생각해 보겠다고 하자 그제야 연락을 멈추었다.

지금은 진짜 주인이 나타나면 돌려보내 준다는 약속으로 강아지를 아끼고 사랑하는 이웃집 이모님이 임시 보호하고 계신다. 혹 제거 수술을 해주셨고, 슬개골 탈구까지 교정한 상태다. 원칙적으로 유기견을 발견하면 구청에 연락하는 것이 우선이다. 위와 같은 방법은 자칫하면 강아지 도둑으로 몰릴 수도 있기 때문이다. 내가 오토바이에 통조림과 갖가지 간식을 들고 다니는 이유이기도 하다. 때에 따라 다르겠지만 말이다.

부정과 긍정

누구나 자기 자신이 마음에 들지 않는 이유는 부정 때문이다. 긍정은 빠르게 다가오지 않는다. 구정물 가득한 항아리에 한 방울씩 맑은 물을 떨어뜨리는 것과 같은 것이다. 이 구정물은 방치하면 하염없이 더러워진다.

우선 자신이 부정적인 사람이라는 것을 인정해야 한다. 부정적인 사람이 아니라고 자기 합리화를 하게 될수록 긍정적인 자신과는 거리가 멀어진다. 좋은 사람을 만나고 좋은 책을 읽고 좋은 활동을 하는 것은 사실 의미가 없다. 내가 좋은 사람이 되어야만 자신을 넘어 타인에게도 영향을 줄 수 있다. 그러기 위해서는 어떠한 상황에서도 부정적 생각의 꼬리 물기를 멈추고, 긍정을 찾아 긍정의 꼬리를 물어야 한다. 누군가 시비를 걸어오든 나 자신의 대해서든 말이다. 또한 화가 났을 때도 접목할 수 있을 것이다.

배달 대행 기사 일을 하면서 있었던 이야기다. 비가 많이 오던 날이었는데 족발 가게에서 음식이 나온 지 40여 분이 지났는데도 기사님들은 거리가 멀다는 이유로 배차를 하지 않았다. 손실이 크기 때문에 비가 오는 바쁜 날은 장거리 배달을 꺼릴 수밖에 없는 현실이다. 지켜보다가 내가 배차를 했다. 족발 가게에 도착하고 우선 욕을 한 바가지 먹었다. 음식이 식어서, 손님이 기다려서, 20분 안에 가게에 도착해야 하는데 도착하지 못하고 40분이 넘어서 왔다는 이유였다. 비 오는 날은 포화 상태가 되므로 어쩔 수가 없다. 죄송하다는 말로 능청스레 음식을 배달통에 싣고 출발하기 전에 두 가지를 자각했다.

첫 번째는 도착했을 때 손님의 불만을 듣고 사과와 배달원의 입장을 이야기할지, 두 번째는 출발 전에 미리 손님에게 전화해서 늦어서 죄송하다며 마음을 안정시키고 출발할지 말이다. 당신이라면 이러한 긴박한 상황에 어떤 방법을 선택하겠는가? 나는 두 번째 방법을 주로 이용하는 편이다. 나도 짜증 나는 마당에 긍정을 찾지 않고서는 탄생할 수 없는 이 방법은 가는 동안 불안감과 조급함에 시달리는 것을 줄여준다. 음식을 건네줄 때는 "어짜꼬 많이 기다리셨지예. 족발은 찹찹해야 맛있는데 기다린 보람이 있을 낍니다. 늦어서 죄송하고예 맛있게 드세요."라는 말로 손님에게 정감 있는 사과를 더한다. 그리하면 손님의 불만은 가라앉을 뿐더러 "감사합니다. 잘 먹을게요. 빗길 조심하시고 안전 운전하세요." 라는 말까지 돌려받을 수 있다. 긍정은 이런 것이다. 자신이 삐딱하면 모든 것이 삐딱하게 보인다. 반면, 삐딱한 것도 내가 맞추어서 보면 바로 볼 수 있다. 이러한 태도가 한 방울의 맑은 물이 된다. 부정적인 것을 자각하고 곰곰이 오래 긍정적으로 생각하라. 타인의 부정적인 모습보다 긍정적인 모습을 더 많이 발견하는 날이 오도록 말이다.

자
신
감

"아들아, 너는 발로 뛰는 일을 하므로 신발은 편하고 좋은 것을 신어야 한다. 사치가 아니라 투자다." 십만 원 후반대의 유명 스포츠 브랜드의 신발을 한 켤레 사주시면서 어머니가 해주셨던 말씀이다. 나는 대체로 신발을 신을 수 없는 지경까지 신는 편이다. 전에 신던 신발이 조금 터져 있었는데 어머니는 그것을 보신 모양이다. 소규모지만 국밥집 사장이라는 놈이 다 떨어진 신발을 신고 있는 모습을 보자 하니 마음이 편하지 않으셨을 것이다.

생각해 보니 사치를 하지 않으려 노력하지만, 사치 안에 투자까지 포함했던 것 같다. 지금 말하는 투자는 없으면 지장이 생기는 자신을 위한 것을 뜻한다. 비를 대처하는 배달원의 비옷과 장화, 나아가서 화장실의 휴지 같은 것 말이다. 단지 내가 생각하는 사치의 기준은 자신감이기 때문에 없거나 변화하지 않아도 자신감이 넘친다면 굳이 투자할 필요가 없다. 자신감은 오롯이 자신의 내면 안에 있기 때문이다. 그렇지만 이왕 내 품 안에 들어온 심적·물질적 모든 것들을 아끼려 애쓸 필요도 없다. 그 것을 위한 내가 아니라, 나를 위한 그것이기 때문이다.

자
신
과
의
싸
움

특정 분야를 이루어 내기 위함은 이루어내지 못한 사람을 비난하거나, 우위를 과시하기 위한 것이 아니다. 타인은 타인만의 관념이 있고 주관이 있다. 이는 세상에서 나 자신만이 힘들다고 느끼는 것과 같은 이치다. 타인에게 인정받고 싶은 욕구를 자신과의 싸움이라 포장하지는 않았는지 생각해볼 필요성이 있다.

이 싸움은 자신을 제외하고는 아무도 몰라야 한다. 누군가 알게 한다면 경쟁이며, 우월함을 널리 알리고 싶은 욕구가 되어버린다.

이순신 장군이 노량해전에서 전사했다는 것을 확신할 수는 없지만, 만약 그 말이 맞는다면 "나의 죽음을 적에게 알리지 말라."라는 말을 남겼다.

자존심과 수용

배달 애플리케이션에 우리 국밥집을 등록하고 첫 배달을 하러 갔을 때가 생각난다. 국밥 여섯 그릇을 주문받고 정성스럽게 포장을 하고 목적지까지 배달했다. 머지않아서 별점 다섯 개 만점에 두 개짜리 별점과 논평이 달렸다. 글을 읽어봤더니 여섯 그릇 중에 네 그릇이 쏟아져서 왔고 기분이 매우 불쾌했다는 글이었다. 나도 매우 속상했다. 자꾸만 글의 내용이 머릿속에 맴돌았다. 자존심도 상하고, 다음 주문이 두려웠다. 이래서는 안 되겠다는 생각이 들었다. 배달을 중지하고 포장법을 연구했다. 비평을 수용한 것이다. 오래 걸리지 않았다. 절대 쏟아지지 않는 이중 포장법을 만들어냈다. 그 후로 지금까지 음식이 쏟아진 적은 단 한 번도 없다. 그당시에는 너무 속상했지만, 지금 생각해 보면 그 손님께 너무 감사하다. '매도 먼저 맞는 게 낫다.'라는 말을 이럴 때 쓰는 것 같았다.

이는 어떤 분야든지 마찬가지일 것이다. 이리저리로 휘둘리라는 것이 아니라, 긍정적으로 수용하고 보완을 하라는 것이다. 물론 자존심을 움직여야 하는 노력이 따르겠지만, 과거에 줄을 서서 먹던 음식점이 왜 문을 닫아야 했는지를 곰곰이 생각해 본다면 사실은 어려운 문제가 아니다. 평소에 자존심과 고집이 매우 세더라도 긍정적으로 수용하는 방향으로 돌려낸다면 시너지 효과는 이루 말할 수 없을 것이다.

‖

다 같이 알면 좋은 것들

상냥함

오늘 만난 사람에게 마지막인 것처럼

따뜻한 말을 생각하며 전하고

돌아서면서도 다시금 돌아보게 하는

여운을 남길 수 있는 사람이 돼라.

기분이 나빠져 있는 사람이 나를 거쳤을 때

웃음으로 돌아설 수 있게 할 수 있는 방법을

알고 있는가?

그것은 별것 아닌 상냥함이다.

각기 다른 두 가게의 음식을 싣고 배달하던 중 첫 번째 손님이 잠들어 버려서 몹시 곤란하고 억울했던 적이 있다. 다음으로 전달할 음식은 면 종류였는데, 배달도 늦은 데다가 불어 버려서 가게 사장님한테 혼나고 손님에게 혼나고 무더운 여름날 기분이 말할 것도 없이 상해 있었다. 남의 집 빨간벽돌에 헬멧을 벗고 머리를 쿵쿵쿵 세 번을 박을 정도였으니 말이다. 도저히 일을 이어나갈 수 없겠다는 생각에 오토바이를 세워두고 보도블록에 한참을 앉아서 마음을 추슬렀다. 그리고 다시 일을 시작했다. 곧바로 또 다른 가게에서 음식을 싣고 손님의 집으로 향했다.

정말 좁은 골목길이라 오토바이 한 대가 간신히 지나갈 정도였고 찾기도 어려웠다. 분노가 가라앉지 않아서였는지 혼잣말로 투덜투덜했다. 도착지에 가까워지자 수수한 아저씨 한 분이 나와서 기다리고 있었다. 일은 일이기 때문에 음식을 전해주고 돌아서려는데 "저기요" 나를 불렀다. "네?" 몸을 돌렸다. 그 손님께서 캔커피를 하나를 건네며 말했다.

"요즘 날씨가 더워서 많이 힘드시죠? 이거라도 드시고 안전 운전하세요." 나는 "잘 먹겠습니다. 감사합니다."라고 말하고 커피를 받았다. 골목을 빠져나와 오토바이를 세우고 커피를 마셨다. 살얼음이 가득했고 덕분에 삼키는 동안 화창한 하늘을 볼 수 있었다. 감사한 마음에 가슴이 뭉클해졌고, 살얼음에 분노가 씻은 듯이 씻겨 내려갔다.

말
한
마
디

타인의 소문을 듣게 되더라도

당사자가 되어 보지 않는 한,

누구도 판단할 자격이 없다.

알고도 막기 힘든 소문은

가장 원초적인 정보망이며,

때굴때굴 부풀러 굴러가는 눈덩이다.

또, 시샘하는 자의 유일한 스트레스 해소법이다.

우리는 주변 사람들이 못 되는 것보다,

잘 되는 것이 좋다는 사실을

진실로 알아야 한다.

누구나 잘 되기를 위한 삶을 살아간다.

자신이 잘 됐을 때를 생각해보라.

한 사람의 이미지는 말 한마디다.

앞에서 하지 못할 말은
뒤에서도 하지 말아야 한다.
갑자기 멀어진 사람이 있다면
소문을 거슬러 오르다가
무심한 입을 발견했을 수도 있다.
경계해야 할 대상 중에
입이 가벼운 사람은 빠지지 않는다.

연락

필요할 때 하는 것이 아니라,

생각날 때 먼저 하는 것이다.

오랜 시간 알고 지내 오면서

필요할 때만 연락이 오는

사람이 있다면 자연스레 걸러진다.

반면에 이유가 없어도 올 때가 되면

연락이 오는 사람이 있다.

비교를 안 하려해도 할 수밖에 없다.

연락은 자존심 싸움이 아니다.

바쁜 와중에도 스치듯 생각나는

사람이 있다면 전화를 들어보라

'생각나서 전화 한 통 걸었다고'

오랜 관계를 유지하는 사람을 살펴보면 대체로 먼저 연락해 오는 사람이 많았다. 인간은 마음으로 통한다. 그 여운 또한 사라지는 것이 아니다.

한 번의 다툼 때문에 오래도록 연락을 끊고 지내는 사람이 있을 것이다. 시간이 흐르면서 그 사람과의 좋았던 기억이 주마등처럼 더 많이 떠오른다면 화해의 시간이 뒤늦게 찾아왔다고 볼 수 있다. 자존심을 아주 잠깐만 뒤로 하고 잘 지내냐고 전화 한 통 걸어보라. 좋았던 기억은 상대방에게도 남았을 것이다.

자
신
의

삶
과

그
릇

'어! 저 옷 내가 먼저 샀는데'

'그런 생각 내가 먼저 했는데' 등

자신이 먼저 했다는 것

타인에게 인정받고 싶은

인정 욕구에 그리도 목말라

속이고 숨겨서라도 앞서고 있는

우월한 모습만을 보이려 하는 것은

자신의 삶을 살지 못하는 삶이다.

누가 먼저 했다는 것을 따지기 전에

개인과 개인이 통할 수 있는 공감대가

생겼다고 떠올려보고,

서로를 담아내는 그 모습을 상상해 보라.

누군가가 나를 담아내지 못하는

작은 그릇을 가졌다고 하더라도

내가 담아버리면 된다.

서운함을 털어놓는 게

소심한 것이 아니다.

솔직한 사람이다.

더 나은 관계를 위한 검문이다.

버려낸 소수는

오랜 관계를 유지한다.

소심해 보일까 봐 답답하게 털어내지 못하고
담아두었다가 등저본 적이나,
털어버렸다가도 상대방과 멀어져버린
경우가 있을 것이다.
경청하는 자세와 솔직함으로
서로의 검문을 통과해 보자.

오랜 관계를 이어가기 위해서는 서운한 점이 많지 않아야 한다. 말하지 않으면 상대방은 모른다. 당신과 오랜 인연을 유지하고 싶어서 그렇다며 조곤조곤 이야기를 시작해 보라.

또한 자신이 내뱉은 말은 타인의 기억에서 꺼내어 올 수 없지만, 나에게서 떠나가는 것을 두려워 말아야 한다. 타인이 원하는 말만 하며 사는 삶은 자신의 삶이 아니지 않는가?

통하는 사람

피를 나눈 가족이라 하더라도
말이 통하지 않는 것은
어쩔 수 없다.
그러나 자신과 통하는 사람은
단 몇 명 정해져 있다.

적어도 나를 판단하지 않고
전적으로 수용하고 믿어주며,
무슨 일이 생겼을 때 늦은 새벽이라도
스스럼없이 전화를 걸어 고민 거리를
후련하게 털어놓을 수 있는
말로 표현하기에는 애매하지만,
서로 꿰뚫고 있듯 통하는 사람이 있다.
참 고마운 사람이다.

만약, 그러한 사람이 없다면
먼저 다가가는 것과 상처받는 연습을 통해
단 몇 명을 만들어볼 수 있도록 하자.
우산 없이 비를 맞더라도
반드시 가야 한다면 무릅쓰고 가지 않겠는가?

배우려는 태도

오래된 사이라고 해서
그 사람을 다 안다고
생각하는 오류를 범한다.

흔한 착각은 오해의
여지를 불러오며,
다툼의 이유가 된다.

인간관계의 오랜 유지는
상대의 견해적, 시각에서
서로를 배우려는 태도에 있다.

우리는 시공간 현실에서 살아간다.
강아지가 노년을 맞아 죽음을 맞이하고
젊었던 청춘을 지나 나이 든 노인이 되기도 한다.
종교를 바꾸어 보기도 하며,
아름다운 벚꽃과 붉은 낙엽이 지는
모습을 지켜보기도 한다.

114

이처럼 바다 한가운데 수평선을 등져버린

없었던 대교처럼 변화는 멈추는 법이 없다.

인간은 외모와 성격처럼 변화의 연속이다.

저마다 티를 내지 않기 위해 더 큰 노력을 할 뿐이다.

그렇게 변해가는 와중에도

자신의 편파 속에 속한 몇 안 되는 소수의

타인을 생각하고 돌아볼 수 있어야 한다.

그것이 안 된다면 내 사람이 아니거나,

아직 담아내지 못한 것이다.

밀고 당기기

밀당을 하는 동안 진짜 좋은 사람은
떨어져 나간다. 솔직해서 진짜인 줄 안다.

사랑해서 하는 밀당이라면 하지 말고,
원 없이 잘해주는 것이 후회가 덜 하다.

지쳐갈 때쯤 연인에게 전하고 싶은 말이다.

솔직해서 달아날 것이라면 애초부터 인연이 아니다.

그렇다고 밀당이 나쁘다고는 말하지 않겠다.

자연스러운 것이기 때문이다.

둘 중 한 사람이 더 나쁜 사람일 수 있다.

물론 똑같을 수는 없다.

그렇다고 해서 이기고 지는 것이 사랑일까?

순수하고 솔직했을 때를 생각해보라.

과연 어떠한 사랑을 했었는지 말이다.

서로가 이점을 알고, 다른 것은 몰라도

밀고 당김 없이 안아주는 사이가 되어야 한다.

어려운 사랑에 가장 좋은 방안은 솔직함과

어떠한 모습도 약점 삼지 않겠다는 마음가짐이다.

초보 운전

접촉 사고는

둘 다 양보를 하지 않거나,
둘 다 시야가 좁을 때 일어난다.

매 순간 운이 좋았다는 생각은 해보지도 않고
자신의 운전 습관이 옳다고 착각하며 살아가는
사람이 대부분일 것이다. 즉 평생 초보 운전이다.
또한 이것이 인간관계에도 비례한다는 점이다.
자신의 양보와 시야의 폭에 대해 생각해 보면서
하루를 보낸다면 정말 많은 것을 느끼게 될 것이다.

처음 자동차를 몰고 도로에 나왔을 때 손까지 내밀어가며 다른 운전자의 양보를 구하기도 했고, 상냥하게 양보하기도 했지만, 이기적인 운전 습관을 지닌 사람들 사이에서 다를 바 없는 내가 되어 가는 것을 느꼈다.

로마에 가면 로마법을 따르듯 나라마다 폐습 또한 따라야 하는지,

유명한 메이저리거 야구선수였던 김병현이 한 말이 떠오른다.

"미국에서는 서로 먼저 가라고 양보를 하는데, 한국에서는 서로 먼저 가려고 하는 모습에 한국에 온 것을 느꼈다."라고.

서향

나를 미워한다고 해서
그 사람을 미워하지 말라.

나를 인정해주지 않는다고 해서
자존감을 낮추지 말라.

누구도 틀리지 않았다.
단지 성향이 다를 뿐이다.

누구나 알만한 말이다.
악인은 악인이 만들고 죄인은 죄인이 만든다.
누군가가 나를 흔든다고 하여도
가슴에 힘을 주고 나로서 끝내는 것이 좋다.
나 자신의 성향은 오롯이 내가 좌우해야 한다.
혹여나 오염되었다 하더라도 지금 이 순간
이후로부터는 의지에 달려 있을 것이다.

부정은 자연스레 자라며
긍정은 노력 아래 자란다.
나쁜 것은 쉽게 습득하기 마련이다.
똑같은 사람이 되지 않는 방법은
그저, 조금의 자각과 노력이다.

위
로

위로는 아무나 쉽게

할 수 있는 것이 아니다.

그러므로 누군가

힘들어하면 말없이

안아주라는 것이다.

위로할 줄 모르는 사람에게 가서

징징거려봤자 혼자 끙끙 앓는 것보다

못할 때가 있다.

내 약한 모습을 보여서는

안 될 사람인 것이다.

될 수 있으면 약해지지 않기를 권고한다.

타인에게 상습적으로 기대려 하는 것

또한 습관이다.

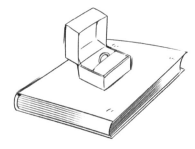

대화 중에 누군가 어쩌다 뱉은 진심이 담긴 말 한마디에 가슴이 녹아 버리듯 눈물을 삼킨 적이 있을 것이다. 때때로 진심이 흘러나올 때 위로라는 효력이 발생한다. 인간은 평소에도 가식의 끈을 놓으려 하지 않기 때문에 어쩌다 나온 진심으로 인해서 상처를 받거나 치유하게 되었던 적이 있을 것이다.

오래된 친구 녀석과 같은 회사에 일할 때 편의점에 앉아 도시락을 먹었던 날이 기억난다. 그날은 동료들이 하지 않더라도 솔선수범 헌신하고 혼자라도 해야 한다며 고집과 분노를 꺾지 못한 날이었다. 위로와 거리가 먼 친구가 하는 말이 "친구야 너도 이제 남의 삶 말고, 네 삶을 살아." 그 한마디 말에 가슴속의 정곡이 찔린 듯했다. 소리 없는 눈물이 흘러 한참 동안을 고개를 들 수 없었다. 그날 이후로 헌신과 피해의 경계를 구분하려 노력했고, 내 삶에 많은 변화가 이루어졌다.

다른 사례로는 첫 책 ≪나무그늘≫을 출간하고 일 년여쯤 지났을 때 책이 많이 팔리지 않아 높은 벽을 느끼고 책에 대해 잊어가고 있을 시기의 어느 날 밤, 자정이 가까워져 오는 시간이었지만 답답한 마음에 부산 송정 바다 해변을 걸었다. 걷다 보니 관상학자가 보였다. 호기심에 관상을 보기로 했다. 관상학자는 내 얼굴을 유심히 보다가 머리칼을 들어 이마를 봤다. 그러더니 하는 말이 "예체능 쪽이시네요. 예체능도 종류가 무수히 많아요. 그중에 작가가 되어야 할 관상이네요."

그 말을 듣고 한 번 더 물었다. "어떤 작가를 말씀하시는 건가요?"

"글을 쓰는 작가요. 에세이 작가라고 얼굴에 쓰여 있어요. 제 말이 맞는다면 나중에는 꼭 소설을 쓰셔야 합니다." 소름이 돋았다. 잠깐 나타났다가 소리소문없이 사라지는 작가가 되리라 생각하고 있던 찰나였기 때문에 감사한 마음과 감동을 이루 말할 수 없었다. 기분이 좋아진 덕에 이어서 손금까지 봤다.

"다른 것은 궁금하지 않고 저 혹시 결혼은 할 수 있을까요?"

"그럼요. 하지요."

그날 밤 듣고 싶어 하는 말과 믿고 싶은 말을 만 원이라는 돈으로 다 들을 수 있었고, 인생 최고의 위로가 되었다.

이
해

'저 사람은 왜 저런 행동을 할까?'

사람은 저마다 후회의 기준이 다르며,

그 기준은 수시로 바뀐다.

우리는 몇 시간 전에 일어나,

후회할 줄 알면서도 후회할 때가 있다.

타인과 같은 상황에 부닥치게 된다면 조금은

이해할 수 있을지 모르지만,

당사자가 아니고서야 온전히 이해하기는 어렵다.

타인의 행동이 최선이거나 경험일 수도 있다.

상식적인 예의라는 것도 광범위해서 무엇이라

말하기도 애매하다.

되레, 나 자신의 행동을 타인이 봤을 때

이해 못 할 수도 있다.

모두가 모두를 이해하는 세상이 있다면

그 세상에는 다툼이란 없을 것이다.

국밥을 한 그릇 시키고서 국물을 더 달라고 하는 손님이 있다. 항상 더 준다. 그런데 그 손님은 국수 소면 말아 놓은 것을 약 20개를 퍼다 먹는다. 식사를 마치고 나갈 때면 사탕을 점퍼 주머니, 바지 주머니 등 모든 주머니를 총동원해서 꾹꾹 담아간다. 비싼 사탕을 쓰기 때문에 어리둥절했다. 올 때마다 이해되지 않았다. 그 손님의 견해적 시각에서 생각해보니, 아마도 그렇게 하지 않으면 후회할 것 같아서였을 것이다. 장사 철학이 있다면 퍼주는 것이지만, 국물과 소면은 그렇다 치더라도 사탕 바구니에는 '하나씩'이라는 문구를 크게 써서 포스트잇을 붙였다.

머지않아서 그 손님이 또 우리 가게를 방문했다. 이번에는 친구를 데려왔는데 본인은 음식을 시키지 않고 친구만 한 그릇 시켰다. 국밥이 나오자 벌떡 일어서서 무료로 제공하는 커피믹스 자판기로 향하더니 버튼을 눌러서 한 잔을 뽑아 손에 들고 또 버튼을 누르고 자리로 돌아왔다.

'삐' 하는 소리와 눌러 놓았던 커피가 나오자 그새 한잔을 다 마셨는지 새 커피를 뽑아서 그마저도 다 마시고 또 버튼을 눌렀다. '삐' 하는 소리가 나자 세 번째 커피를 가져와 앉았다. 친구와 이야기를 하다가 또 벌떡 일어났다. 정말 대단했다. 네 번째 커피를 뽑아왔다. 다 마셔갈 때쯤 친구도 식사를 마쳤는데 나가면서 한잔 더 뽑았다.

그다음은 사탕인데 사탕 바구니를 커피자판기 위에 올려놓는 것이 실수였다. 커피가 나오는 시간 동안 사탕을 모조리 욱여넣을 수 있었기 때문이다. 상식적으로 호주머니가 점퍼에 두 개, 바지에 두 개, 총 네 개 정도로 고려했을 때 그래도 저 많은 사탕을 담아가기에는 부족했을 것이라는 의문의 수수께끼가 풀렸다. 지퍼형 후드 모자에다 담아갔던 것이었다. '하나씩'이라는 문구는 양심을 저버린 사람에게는 그저 종이에 불과했다.

두 번은 이해했으니 다음번에도 똑같은 행동을 한다면 경고를 하겠다고 다짐했다.

익숙함

대화의 예절이 있다면
상대방이 혼잣말하게
만들지 않는 것이다.

상대방의 말을 들을 가치가 없다고
생각하는 것은 자유지만,
그것을 행동과 표정으로
티를 내보이지는 말라.
본인만 잘난 것이 아니다.
익숙함에 속았을 때
종종 나타나는 증상이다.

용기의 차이

사과와 용서는 기한이 없다.
늦었다는 말은 유통 기한이
지나버린 음식을 먹었을 때
쓰도록 하자.

감정의 온도가 최고조에 이르렀을 때는
얼음물을 끼얹듯 사과의 발언이 없는 한,
서로 떨어져서 온도를 식히는 경우가 종종 있다.
자존심이 기회를 막아서려 했기 때문에
찝찝함을 뒤로한 채 돌아섰을 것이다.
당장 풀리지 않을 상황이라면 기다리면 된다.
온도가 정상으로 돌아오면
그때, 사과하고 용서하자.

자존심의 차이가 아닌, 용기의 차이다.

이 책을 집필하기 전에 친누나에게
버럭 화를 내고서는 아직도 사과를 못 하고 있다.
적어도 출판되기 전까지 냉전을 끝내고
고급 선물을 보낼 계획이다.

사
과

사과를 잘하는 방법은

많이 다투어보는 것이다.

다툼이 잦은 사람일수록

의외로 사과를 잘한다.

무엇이든 많이 해봐야

능숙해지고, 성숙해진다.

그렇다고 심심하면 다투는

사람이 되어서는 안 된다.

다툼이 일어나면 한 가지만

생각할 수 있도록 하자.

"다툼이 끝나고 어떻게 사과할지"

착각

'긍정'이라는 단어는 하나지만
저마다 기준이 다르다.
따라서 자신의 긍정이 타인에게
옳지 않은 주장이 될 수 있다.

'내 생각과 행동은 누가 봐도
옳다고 생각할 거야.'

흔한 착각 중의 하나다.

명심하라.
부정의 그름이 제각각이듯
긍정의 옳음도 제각각이다.

131

전염

성격은 전염이 된다.
생각이 닮도록 반면교사
되뇌는 것도 좋지만,
내 안에 가득 차버려서
같은 사람이 되고 만다.

부모가 폭력적으로 아이를 양육하면
아이는 벌벌 떨면서도 더 폭력적인 어른으로 자란다.
연인과 부부도 닮아간다.
직장 상사를 그렇게 욕하면서도
다를 것 없는 직장 상사가 된다.
누군가에 받은 영향은 새싹의 영양이 된다.

내가 타인에게, 타인이 내게
어떠한 영향의 영양을 주는 사람인지를 알고
냉철하게 생각하고 자각해 볼 필요성이 있다.

애
교

주변에 애교를 부리는 사람이 있다면

매우 친하거나 가까운 사람이다.

도도함이 극에 달할 것 같은 사람도 분명

누군가에게 애교를 부릴 것이다.

친하지도 가깝지도 않은 사람에게

애교를 부리는 사람은 드물다.

나에게 애교를 부리는 사람이 있다면

이 말을 꼭 전해보자.

"나에게 애교를 부려주어서 고마워"

갑자기 무슨 소리냐며 놀라겠지만,

속으로는 좋아할 것이다.

아끼지 않는 사람에게는

애교를 부리지 않는다.

133

엄
지

엄지는 바늘이다.

그리고 칼이다.

타인의 고통을 즐기는 것

그것이 암묵적인 죄라는 것을 아는가?

지금은 정보화 시대다.

손가락만으로 모든 것이 가능하다.

시대는 이토록 발전했는데

우리의 인성은 뒷걸음질하고 있다.

아니, 변질하였다.

내 아이가 살아갈 세상을 만들기 위해서라도

모니터 뒤에 숨는 사람이 되지 않기를 바랄 뿐이다.

열등감이 클수록 만물에 관대하지 못하다.

자신을 사랑하지 못하므로 모든 것이 미워 보이는 것이다. 그 때문에라도 열등감으로 인하여 엄지를 지배당하지 않아야 하며, 암묵적인 살인에 공범이 되지 않아야 한다.

타인에게 관심을 가질 수 있는 이유라면 '잘 되기를 바라는 진실한 마음' 오직 하나뿐이다. 엄지를 희망의 말, 위로의 말을 전달할 때만 움직여보라. 이러한 마음가짐이 습관처럼 자연스러워질 때쯤이면 세상 모든 것이 아름답게 보일 것이다.

연애의 영향

애인과 어떤 사랑을
하느냐에 따라서
성격이 변한다.

상냥하게 대하는 사람은 주변 사람에게 상냥해지고,

밀고 당기기를 하는 사람은 주변 사람에게 우위에 서려 한다.

맨날 싸우는 사람은 예민하고 신경질적이다.

데이트 비용을 걱정하는 사람도 마찬가지, 항상 돈 걱정이다.

사랑이라는 것은 원초적이라 쉬워야 마땅한데

나날이 어려워지는 사유들이 늘어나는 추세라 안타깝다.

연애를 오래 하지 않았더니 느끼는 것이 많다. 어느덧 결혼을 바라볼 나이가 되었다는 것과 시간적 여유가 부족하다는 것, 결정적으로 계속해서 외롭다는 것이다. 연인이 싸우는 것만 보아도 마냥 부러울 따름이다.

얼마 전 흩날리는 벚꽃 아래에서 티격태격 다투는 또래 연인을 보았는데, 너무 아름다운 장면 같아 보여서 오토바이를 잠시 세워두고 사진을 찍어서 그들에게 보여주고 싶다는 생각을 했었다. 혹여나 다툼이 잦은 커플이라면 공유하며 이 글을 보았으면 좋겠고, 혼자인 여성이라면 나를 좀 보았으면 좋겠다.

예측

대답은 상대방의 자유다.

듣고 싶은 말을

예측하지 말라.

자신이 듣고 싶어 하는 말을

상대방이 어떻게 알 수 있는가?

초능력으로 생각을 읽을 수 있는가?

가끔가다 듣고 싶었던 말을

엇비슷하게라도 듣지 못했을 때

오히려 다행이라는 생각이 든다.

'저 사람이 생각을 읽어내는

초능력자는 아니구나.'

어머니를 모시고 세차를 하러 가던 길에 자동차 4중 추돌 사고가 난 적이 있다. 두 번째로 정차하고 있는 내 차를 트럭이 밀어 버렸다. 다행히도 크게 다치지 않았다.

이 사실을 가까운 두 사람에게 알렸다. 한 사람은 "목은 어떠냐, 허리는 어떠냐, 다리는 어떠냐, 내일 되면 더 아프다. 살아서 정말 다행이다." 라는 말을 해주었고, 다른 한 사람은 "로또 맞았네!"라는 말을 해주었다. 사실 후자와 더 각별한 사이지만, 분명 듣고 싶어 하는 말이 있었을 것이다.

인간은 예측할 수 없는 생물이기 때문에 혼자만의 생각으로 타인을 판단하고 대답을 단정 짓는 습관은 좋지 않다. 휘두르지도 않은 칼날에 상처를 만들어내는 것은 섣부른 추측의 자신이며, 듣고 싶은 말 때문에 마음에도 없는 말을 하게 되는 것 또한 상처를 만든다.

상대방은 초능력자가 아니다. "당신에게 어떠한 말이 듣고 싶다."처럼 마음에 있는 그대로의 말을 하라. 대답은 상대방의 자유이기 때문에 원하는 대답에서 벗어나는 말을 듣더라도 상대방이 나빠서가 아니라 오히려 저마다의 생각과 관점이 다르다는 것을 아는 미덕이 필요하다. 원하는 대답을 정해 놓을 것이 아니라, 설득의 자세로 다가가야 한다.

모
르
면
아
픈
것

집착은 상대에게 서서히 상처를 준다.

후에는 자신을 더 병들게 한다.

상처가 중첩되면 상대는 떠난다.

모르면 아픈 것이다.

집착의 기준이 무엇이라 생각하는가?

나는 상대의 소중한 시간과 삶을

내 것으로 생각하는 태도라 생각한다.

포괄적이라 정의를 내리기는 어렵지만,

자신 또는 상대가 집착이라는 생각이 들면

둘 다 병들고 마는 것이다.

떠날 사람은 떠나야 한다.

야생동물 한 마리를 집으로 데려와

가두어 키우는 것처럼 의미가 없다.

상대가 가고 싶은 곳이 내가 아니라면

가고 싶어 하는 곳이 내가 되도록 노력하든지

그게 아니라면 보내 주는 것이 아름다운 것이다.

141

배움의 태도

자신이 하고 싶은 말만 말하고,
듣고 싶은 말만 듣는 사람이라면

자신의 말을 들어주지 않고,
듣기 싫은 말을 하는 사람을
미워할 자격이 없다.

수직 관계와 우위에 있는 것도 습관적인 영향이다.

어떤 교사는 제자에게 인간은 모두 평등하니까 수평 관계의 사람이 되라고 말하면서도 정작 자신은 수직 관계의 사람이거나 우위에 서려 한다. 오롯이 자신의 기준에서 가르치려는 태도가 몸에 배서 습관이 되어 버린 것이다. 자신만의 배움이 전부라고 생각하게 되면 자만하게 되며, 성장을 더디게 한다. 타인에게서의 배움을 더는 느끼지 못하겠다면 자신에 대해서 생각해 볼 필요성이 있다. 배움의 태도를 겸비한 사람만이 배움을 줄 수 있는 것 아니겠는가?

자신이 가진 장단점이 타인에게서도 보이듯 자만과 겸손 또한 마찬가지일 것이다. 자신의 기준으로 하고 싶은 말과 듣고 싶은 말을 생각하지 말고, 타인이 무슨 말을 듣고 싶은지 왜 그런 말을 하는지 생각해보라. 자신만의 틀에서 벗어나지 못한다면 점진적으로 좁혀진 속으로 인해 소위 말하는 '꼰대'가 되고 말 것이다.

반면, 상대방이 듣고 싶어 하는 말로 설득했을 때 메시지의 힘은 클 것이며, 자신이 듣기 싫어하는 말을 진정성 있게 수용한다면 성장 속도에 가속이 붙을 것이다. 교사, 강사, 의사, 판매원, 나아가 세대 차이, 모든 사람이 마찬가지겠지만 '배움의 자세로 배움을 줄 수 있는 사람이 되어야 한다.'

미국 레이크우드교회 담임 목사 조엘 오스틴 (Joel Osteen)은

이런 말을 했다.

'다 자라서도 휘어져 버린 나무는 교정이 불가하다.

그러나 자라고 있는 나무는 교정할 수 있다.'

이 말에 덧붙여서

우리의 생각과 마음은 죽는 순간까지 성장 진행형이다.

지금껏 살아온 삶의 방향이 어긋났을지라도

언제든지 깨달음과 노력으로 교정할 수 있다.

배움에는 끝이 없으니까 말이다.

약속은 각오다

모든 것이 변해도 변하지 않을 약속이라면

해도 좋으나, 장담할 수 없다면 하지 말라.

상대방에게는 변함없는 약속이었을지 모른다.

자신의 앞날을 점칠 수 없다면 약속은 각오다.

빈말도 지키리라 살아왔던 나날들이었는데

요즘에는 약속을 종종 잊거나 어기고는 한다.

어제의 나는, 마치 오늘의 내가 아닌 듯 변화는 빠르다.

말과 거절은 상대가 앞에 있다고 하더라도

조금의 이기심을 보태서 내뱉는 것이 좋다.

자신이 냉정하지 못하면 누구든 마음이 고생한다.

얼마 전 ≪나무그늘 뒤죽박죽 글귀 에세이≫를 구매해주셨던 독자님과 커피 한잔의 약속을 아직도 지키지 못하고 있다. 덜컥 약속해버린 것인데 국밥집 준비와 창업하게 되면서 시간적 여유가 부족하게 되었기 때문이다. 죄송하다고 말을 전달했지만, 시간이 더 흘러가기 전에 좋은 책이라도 선물해야겠다는 생각이 든다.

따
뜻
한
말

타인의 일을 자신도 해봤다고 해서
얕잡아 보고 질타하는 것은 좋지 않다.
박한 세상은 우리가 만들기 때문에
배려하고 이해할 마음을 가져야 한다.

'나도 그 일을 잘 아는데 당신 그것밖에 못 해요?' 와
'나도 그 일을 잘 아는데 고생이 참 많으시죠?' 의
차이를 알아야 한다.

과거의 삶보다 더 나은 삶을 살아도
이것을 모른다면
개구리가 올챙이 시절을
생각 못 하는 것이 아니라,
아직 개구리가 되지 못한 것이다.

147

앞서 언급했던 4중 추돌 사고 때 이야기다. 신호를 기다리고 있던 3대의 차를 뒤에서 트럭이 박아버렸다. 그중 나는 두 번째에 정차해 있었다. 박살 난 차량을 정비소에 입고하고 머지않아 출고했다. 확인했더니 전체적으로 제대로 정비되지 않았다. 사고를 당한 것도 억울한데 차량까지 제대로 고쳐지지 않아 속상했다.

그 정비소는 나와 사연이 많다. 이뿐만 아니라 선바이저 불량으로 주문을 시켰는데 약 두 달이 걸렸었고, 엔진오일과 에어컨 필터 교체를 할 때 할인 카드를 내밀었으나 할인마저 해주지 않았다. 내 자동차와 같은 기종을 2년가량 생산 지원팀에서 만든 적이 있어서 그들의 고충을 알고 우호적인 태도로 찾아갔는데 바쁘다는 핑계로 재입고를 세 번 거절당했다. 마지막으로 네 번째 찾아갔을 때 강한 억양으로 "오늘은 고쳐주세요."라고 말하고 흥분을 가라앉히면서 진실한 시선과 최대한 따듯한 말투로 다음 말을 이어갔다.

"저는 기술자님의 고충을 알고 있습니다. 저 또한 자동차 생산 공장에 있을 때 자부심으로 만들었죠. 선바이저를 실수로 밟아버려서 부러진 것을 모르고 장착하게 되는 바람에 그대로 출고돼서 경위서를 쓴 적도 있습니다. 지금은 국밥 가게를 운영하고 있는데요. 국물이 어떻고 반찬이 어떻고 밥이 어떻고 손님들의 말에 속상함이 이만저만이 아닙니다.

지금 제 모습이 기술자님에게는 저에게 따지고 들었던 손님과 별반 다르지 않을 것입니다. 속상하게 해드리려고 말씀드리는 것이 아닙니다.

바쁘고 속상한 그 마음을 잘 알고 있습니다. 오늘만큼은 잘 좀 부탁드리 겠습니다."

기술자님의 눈시울이 붉어졌었고, 이내 수긍했다. 차를 맡기고 다시 찾았을 때는 내 실수로 긁어 놓았던 옆쪽 흠집까지 제거되어 있었다. 배 려와 이해를 토대로 따뜻한 말속에 주장을 충분히 녹여 낼 수 있다는 사 실을 알고 행동으로 옮길 수 있다면 무엇이든 진정으로 돌아올 것이다.

거
질
과 설득

자신의 요구를 타인이 거절했을 때
같은 요구를 반복하는 것은 피해라.
승낙보다 거절이 더 많은 용기를
필요로 한다. 용기를 뭉개지 말라.

음식점 광고 바이럴 마케팅 사원의 영업 전화를 받은 적이 있다. 우리 국밥집의 광고를 맡겨 달라는 취지다. 이미 거래하고 있는 업체가 있을 뿐더러 마케팅 업계 모두가 그렇다고 말할 수는 없지만, 움직임이 흐지부지하다는 것을 알고 있다.

지금 거래하고 있는 업체가 그렇다. 영업사원의 말에 넘어가는 바람에 결제하게 되면서 막대한 손해를 입었기 때문이다. 원활한 광고가 이루어지지 않아 환급을 요청했으나 위약금 80%를 요구했다. 꼼꼼하게 살피지 못한 내 잘못도 있다. 요즘에는 함정이 많다. 그 함정을 감수할 수 있을 때 승낙하는 것이 가장 바람직하다.

이 일로 골머리를 앓던 중에 앞서 말했던 또 다른 사원의 전화가 걸려온 것이다. 완강히 거부했음에도 그 후로 한 달여 간 하루에 다섯 차례 정도의 전화가 걸려왔다. 전의 일을 계기로 지혜가 생겼는지 3개월 치의 요금을 납부하고 괜찮으면 이용해보겠다고 말했더니 약정은 1년부터 가능하다고 답했다. 그 말에, 하지 않는 것이 옳다는 판단이 들어서 다시 한번 확고하게 거절의 의사 표현을 했다. 그런데도 사원은 우리 가게를 포기하지 않았다. 나무꾼 같은 성향을 지닌 것이다. 열정은 존중하지만 열 번 찍어 넘어가지 않는 나무 없다는 말은 옛말이다.

피해가 되기 때문이다. 되레 아무것도 얻지 못하고 반감만 사게 된다. 내가 영업사원으로 있을 때를 바탕으로 말을 하자면 영업은 마음을 사는 것인데 마음을 사기 위해서는 상대방이 좋아하는 것을 기본적으로 알기 전에, 싫어하는 것을 먼저 간파하고 오가는 백 마디 말 중에 상대방이 칠십 마디를 하도록 하는 것이다. 나머지 삼십 마디 안에 상대방이 싫어하는 것과 좋아하는 것에 대한 진심 어린 배려가 간결하게 녹아 있어야 한다.

승낙을 얻는 가장 좋은 방법은 시간을 감수하더라도 단 한 차례의 거절 없이 승낙을 끌어내는 것이다. 저마다 영업 전략은 다르겠지만, 나는 그렇다. 섬세한 노력의 공이 들더라도 안정적인 방법이기 때문이다.

이처럼 기존에 알았던 사람과 몰랐던 사람, 누구든 상관없이 상대를 설득시킬 배려가 준비되지 않다면 피해를 주어서는 안 되며, 가능한 주장을 논증 안에 녹여내는 것이 좋다. 그런데도 거절의 신호를 보이면 그 용기에 진심으로 존중해주는 태도를 보여야 한다. 설득이란 상대로 하여 존중받는 것이다. 이것에 일방통행이 있어서 되겠는가?

양심

하지 말라는 푯말 앞에서

우리는 양심을 잃은 문맹이 된다.

타인의 나쁜 점을 따라 하게 되면

내가 따라 했듯이 나를 보고

몇 명의 사람이 따라 할지 모른다.

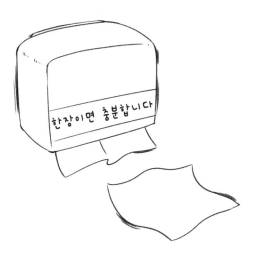

153

가게 앞에 공터가 있다. 건물주는 새로운 건물을 짓기 전 주민들에게 무료 주차장을 개방했다. 몇 개월 후 지질 조사를 하기 위해 차들을 다른 곳으로 옮겨 달라는 푯말을 세웠다. 그 차들이 모두 옮겨지는 데 무려 사흘이 걸렸다. 그리고는 다시 개방하지 않았다.

푯말과 두 줄의 포장끈으로 전봇대를 이용해 입구를 막아버렸는데 하루 이틀 지나니 포장끈에 힘이 풀려 땅으로 내려앉으면서 검은색 승용차 한 대가 들어와 주차했다. 그 차량을 시작으로 공터가 다시 꽉 차는 데 걸린 시간은 불과 30분이었다. 나 또한 공터에 주차했었지만, 그날 이후로 인근 공영주차장에 월 주차를 등록했다. 적어도 양심을 잃은 문맹이 되고 싶지 않아서다.

좋은 예를 하나 들어 보겠다. 휴게소 화장실에서 손을 씻기 위해 줄을 선 적이 있다. 내 앞에는 두 남자가 있었다. 첫 번째 남자는 손을 다 씻고 다섯 장의 휴지를 뽑아서 손을 닦았고, 두 번째 남자는 손을 다 씻고 물기를 다섯 번 털고 한 장의 휴지를 뽑아서 손을 닦았다. 내 차례가 되었고, 두 번째 남자를 똑같이 따라 했다. 물기를 다섯 번 털었더니 정말 휴지 한 장이면 충분했다. 타인이 나를 보고 따라 할 수 있게 한다면 과연 어떠한 모습을 따라 하게 하고 싶은가?

암묵적인 죄

암묵적인 죄 중에 가장 사악한 것은
타인을 억울하게 만드는 것이다.

자신의 행동은 자신이 책임져야 한다.

권력과 명예, 금전이 많다고 한들

이 죄를 피하지 못한다면

결국 물을 흐리는 미꾸라지 새끼일 뿐이다.

또한 개개인은 꼭두각시가 되지 말아야 한다.

155

이
미
지

때에 따라 타인에게 보이는 모습이
자신의 이미지가 된다.

"작가님이 배달을요? 안 어울려요."
"기사님이 글을 써요? 안 어울려요."

글을 읽거나 쓸 때 자주 가는 카페가 있다. 그곳에 갈 때는 항상 셔츠나 남방을 입고 단정한 가짐으로 간다.

어느 날 카페 사장님이 물었다.

"작가님은 직업이 어떻게 되세요? 글 쓰는 것 말고요."

"저요? 국밥도 팔고 배달 대행도 하는 일종의 배달 기사예요."
라고 답했다.

그러자

"네? 작가님이 배달을요? 안 어울려요. 상상이 안 가요."
라는 말씀을 하셨다.

다음에는 배달원으로 놀러 오겠다고 말하고 능청스레 남은 커피를 마저 마셨다.

상반된 사례로는 우리 가게 커피 자판기 옆에 나의 첫 책 ≪나무그늘≫을 쌓아 두었는데, 손님이 식사하면서 읽어보시고는 물었다.

"저 책을 쓴 작가님과는 친분이 있으신가 보네요. 쌓아 놓은 것을 보니 말이에요. 싸인 좀 받아주세요. 글들이 너무 좋아서요."

손님의 말을 듣고 다음번에 오시면 책에다가 받아 놓겠다고 할지 매직으로 바로 해드릴지 몇 초간 고민하고 답했다.

"제가 썼다고 하면 싸인 받아 가실 건가요?"

손님은 대답했다.

"농담도 참, 기사님이 이런 글을 썼다고요? 안 어울리는데요?"

전혀 당황하지 않고 말했다.

"농담 맞습니다. 다음번에 오시면 싸인 받아 놓을게요."

라는 말로 손님을 배웅했다.

우리는 여러 상황에 수많은 가면을 바꾸어 낀다. 너무 자연스러워서 자신도 자각하지 못한다. 굳이 할 필요는 없지만, 신경을 기울이면 충분히 자각할 수 있을 것이다. 결국 우리의 모습은 타인에게 보이는 것이다. 그 모습만을 보고 판단하는 사람과 그렇지 않은 사람으로 나뉠 뿐이다. 다만, 겉모습만으로 판단하는 사람이 나쁘다는 편견을 가질 필요는 없으며, 그들에게 휘둘리지 않는 가짐이 필요하다.

그거 있는 사유

자기만족이라는 것은 타인의 인식에도
흔들림이 없는 것이다.
무시하는 것도 좋겠지만,
가끔은 나 자신을 만족하는
근거와 사유를 논증할 수 있어야 한다.
"나는 항상 만족해"처럼
무분별한 만족보다는
"나는 무엇 때문에 만족해"처럼
근거 있는 사유를 쌓아가야 한다.

반대로 생각해 보아도 마찬가지다.
나의 인식을 타인에게 빗대어서
옳고그름을 잣대질하는 습관도 좋지 않다.

얼마 전 친누나의 생일날이었다. 다짐대로 고가의 핸드백을 선물하며 사과했다. 다만 누나가 이미 소리소문없이 백화점 사전 답사를 끝내고 받고 싶은 선물을 정해 놓았다는 것이 참으로 놀라웠다. 고맙다며 기뻐하는 누나와 이런저런 말을 나누던 중에 갑작스레 표창처럼 날아온 열 살 조카 녀석의 말이 기억난다.

"삼촌 거지잖아요."

솔직히 당황했다. 어디서 이런 말을 알게 되었는지 궁금하기도 했고, '이것이 순수한 아이의 인식인가?'라고 생각해보기도 했으며, 배달원이라는 직업을 애초에 숨겼어야 했었다는 생각이 들기도 했다. 그 짧은 순간에 아파트 엘리베이터에서 나를 보고 "악! 냄새나"하며 코를 막던 아이 덕분에 섬유유연제를 가득 부어 배달 대행 조끼를 빨았던 기억까지 떠올랐다.

그러다, 조카에게 순간 내뱉은 말이 "어디서 그런 못된 말을 배워왔어?"였다. 인정하기는 싫지만, 속상했던 것 같다. 누나와 다섯 살 터울이 있지만, 누나는 결혼을 일찍 한 편이기 때문에 조카가 태어난 해의 내 나이는 열여덟 살이었다. 조카가 태어나던 여름날에 자랑할 수 있는 부자 삼촌이 되어야겠다고 다짐했었고 책임감을 느끼며 지금껏 살아왔었는데, 조금의 회의감이 밀려와서였을까?

그렇지만, 긍정의 꼬리를 물었다. 그리고는 그 자리에서 조카를 조용한 곳으로 불러냈다. 클러치백을 열어서 백만 원쯤 되는 돈뭉치를 꺼냈고, 오만 원짜리 지폐 한 장을 건네며 말했다. "삼촌은 가진 게 정말 돈밖에 없는데 어떡하지? 엄마한테는 돈 받았다고 말하지 마." 조카에게 거지 삼촌이 되기는 죽어도 싫어서였을까? 자존심 때문이었을까? 다짐 때문이었을까? 그날 나는, 열 살 아이에게 허세를 부리고 말았다. 기회가 되면 아니, 만들어서라도 조카에게 전해주고 싶은 말이 있다.

"어떤 직업을 갖게 되더라도 자신이 만족한다면 그것만큼 행복한 게 없어. 삼촌은 오토바이를 타고 비와 바람을 멋지게 가를 수 있고, 주인에게 버림받은 강아지와 길고양이를 만나면 맛있는 간식을 나누어줄 수도 있어. 그래서 삼촌은 행복해."

라는 말을 말이다.

기
도

하늘이시여, 저는 좀 오래 살고 싶습니다.

그래도 어머니 아버지 영정사진과 하얀 뼛가루만큼은

아들인 제가 봐야 하지 않겠습니까?

우리 국밥집 주방장으로 계신 어머니께 음식 들고 나서는 모습을

마지막 모습으로 보이고 싶진 않습니다.

늦어도 30분이면 돌아올 아들이 영영 돌아오지 않는다면

어머니 마음 어떻겠습니까?

저세상 가는 것은 크게 두렵지 않은데

어머니 아버지 그리고 내 하나뿐인 누이 아릿거릴까 봐,

그게 두려워서 그럽니다.

문뜩 이 시를 쓰고, 그다음 날 낮에 자동차와 부딪히는 사고가 났다. 여생을 살아감에 있어서 사고가 나지 않으리라는 보장은 없다. 안전 운전과 양보 운전을 하더라도 정말이지 장담할 수 없는 것이다.

지난날을 돌이켜보면 오토바이로 인해 많이도 넘어졌다. 지금껏 멀쩡하게 살아 있다는 것을 보면 단연코 운이 좋은 사람이 아닐 리 없다.

나는 오토바이에 시동을 걸 때부터는 높은 상공에서 외줄을 탄다고 생각하고 도로를 달린다. 사주 경계와 정차해 있을 때 혹여나 뒤에서 들

이박히는 것까지 많은 변수를 두며 운전에만 집중한다. 배달원이라는 직업은 암묵적인 자격이 필요하다. 섬세함과 완벽함, 정신력과 담력, 그리고 무엇보다 똑똑해야 한다. 친절함과 신속 정확은 나중 문제다.

우선 다쳐서도, 죽어서도 안 되기 때문이다. 세상 어떠한 업종에 종사하는 사람이든 그 일을 하는 사유 중에 지켜야 할 사람과 책임감이 포함되어 있지 않겠는가? 따라서 반드시 살아서 집으로 돌아가야 한다.

혹여나, 길에서 눈엣가시 같은 요란한 머플러나 과하게 반짝이는 배달통이 달린 오토바이를 본다면 아무리 밉더라도 살기 위한 발버둥이라 생각해줬으면 좋겠다. 배달원의 시야를 벗어난 사고로부터는 오롯이 빛과 소리로 보호하기 때문이다.

까불며 운전하는 배달원은 아직 군대도 가지 않은 젊은 청년일 것이다. 그들이 생명의 소중함을 느끼려면 몇 년은 더 지나야 한다. 그러니 "죽을 거면 혼자 죽어"라는 말 대신 깨달음을 느끼고 철들 때까지 무사무탈할 수 있도록 기도해주기를 바란다.

덧붙여서 음식 시켜 놓고 잠든 고객, 집에 있으면서 사무실 주소를 남긴 고객, 샤워하는 고객, 배달원보다 집에 늦게 도착하는 고객, 배달원 싹수없다고 교육해달라는 고객, 연락이 끊기는 고객, 늦게 온다고 취소하는 고객, 측정된 배달 팁 안 주는 고객 등 가지각색의 독특한 고객이 생각보다 많은데 그럴 때마다 상식에 어긋나더라도 서비스업이기 때문에 항상 을이 되어 고개를 숙여야 할 때가 더러 있다.

KBS2 〈스펀지〉라는 프로그램에서 '화'를 다룬 적이 있다.

당시 걸그룹 나인뮤지스 멤버 은지가 전화 상담원 체험을 했었는데 분노하지 않겠다고 다짐했지만, 시민들의 비수 같은 음성에 결국 눈물을 보였던 적이 있다. 나 또한 전화 상담원이라는 직업에 짧게나마 종사했었기 때문에 눈물이 차올랐었다.

모든 인간은 수직관계가 아닌 수평관계라는 것을 모르는 사람은 거의 없겠지만, 자각하기 어려우므로 대부분 자신에게 날아온 표창 같은 말만 기억하고 던진 말은 생각하지 않게 된다. 따라서 이것을 매 순간 진정으로 깨닫고 실천하기 위해 노력해야 한다. 아름답고 감동적인 세상은 다름 아닌 우리가 만들어가는 것 아니겠는가?

주
관

지나친 진보함은 결국 진부함이다.
21세기는 위인들의 기록 속 말보다도
자신의 주관이 뚜렷해야 하는 세상이다.

고전 속 철학자들의 말은 시대를 불문한다고 했다. 덕분에 악습의 변화를 늦출 수 있었던 것은 사실이다. 그러나 21세기에 이르러서 짧게는 몇 십 년 길게는 몇 천 년 동안 내려져 왔던 그들의 말 중에 점차 틀린 말이 생겨나고 있다. 옛 시대와 지금의 정서가 상반되기 때문이다.

내가 보았을 때는 아무리 읽어도 옳은 말뿐이지만, 섣불리 따랐다가는 소위 말하는 '호구'가 되어버리고 만다. 만약 그들이 21세기를 살 수 있었다면 어떠한 삶을 살고 변화를 이루어냈으며, 주옥같은 말들을 남기게 되었을까?

단 한 명도 빠짐없이 모든 사람이 그들의 말을 따를 수 있다면 더할 나위 없겠지만, 어차피 현대 사회에서 긍정의 변화를 이룩하고자 하는 사람만이 산증인을 찾으며, 책에 관심을 두고 이 책을 샀을 것이다. 21세기는 우리의 몫이다.

이 장의 마무리를 당신에게 맡겨 보겠다. 어떻게 살아가는 것이 좋을지 곰곰이 생각하고 적어보고, 본인 주관대로의 삶을 살아가기를 바란다.

독자 페이지

III

그녀에게

설레임은

그 사람의 행동에 반응하는 것도 맞지만,

처음 본 그순간부터 이미 모든 신경이

그 사람의 행동에 곤두서 있는 것이며,

무엇을 해도 설렐 준비가 된 것이다.

난생처음 설렘이라는 감정을 느꼈던 적은 중학교 2학년 때였던 것 같다. 부잣집 딸처럼 하얀 피부와 쌍꺼풀 있는 큰 눈, 단발머리가 잘 어울렸던 다른 중학교 여학생이었다. 지금도 내 키는 큰 키가 아니지만, 그 때는 더 작아서 그 여학생이 나보다 1~2cm 정도는 컸던 것 같다.

그 여학생을 처음 알게 된 것은 싸움을 잘해서 유명했던 친구 덕분이었다. 같이 길을 지나다가 우연히 골목길에서 여학생 두 명을 마주하게 되었는데, 그중의 한 명이었다. 간단하게 인사 정도만 하고 돌아서는 길에 친구가 하는 말이 "아까 그 애 둘 사촌이다. 성도 똑같아. 사이좋게 잘 지내는 거 보니 신기해. 나는 그렇지 않던데 너도 그렇지?" 그때만 해도 사실 아무런 관심이 없었다. 유심히 보지 않았기 때문이다.

그런데 그날 밤, 그 여학생이 친구에게 연락을 해 온 것이다. 괜찮은 남학생 있으면 소개 좀 해달라고 말이다. 그래서 친구는 내 허락도 없이 나를 그 여학생에게 소개해 주었다. 그렇게 풋풋한 연락이 시작되었다.

노래방도 가고, 손은 잡아보지 못했지만, 육교를 건넜으며, 추운 겨울날 주황 불빛 어스름한 비탈진 골목길도 걸었다. 걸을 때 여학생은 내 교복에 덧입은 패딩점퍼 후드 모자 안으로 따뜻하다며 손을 넣는 습관이 있었다.

어느 날은 문득 핸드폰을 달라고 하더니 이내 다시 돌려주며 "집에 가서 찾아봐"라는 말만 남긴 채 헤어졌는데, 찾아봤더니 본인 전화번호를 '사랑하는 000'으로 저장해둔 것이 아닌가? 나는 콩닥콩닥 뛰는 심장을 느낄 새 없이 평소 여자친구를 잘 사귀는 친구를 찾아가서 있었던 일에 대해 알렸다. 친구가 하는 말이 "여자애가 할 수 있는 최선의 고백을 너에게 한 거야. 바보야 어서 빨리 사귀자고 해." 그 말을 듣고도 과감하게 고백을 못 했다. 좋기는 좋았는데 처음이었고, 뭐라고 말해야 할지 어안이 벙벙했기 때문이다. 더 답답한 것은 며칠을 끌었다는 것이다.

그러던 어느 날 그 친구가 물었다. "너 어떻게 됐어? 사귀고 있어?" 나는 "아니, 아직 말 못 했는데" 그러자 친구는 대답이 없었다. 몇 시간쯤 흘렀을까? 친구 녀석이 "내 핸드폰 배터리가 없네! 전화 한 통만 빌려줘"라며 핸드폰을 빌려 갔는데, 이 미친놈이 헷갈렸는지 실수로 그 여학생이 아닌, 같은 성씨를 가진 사촌에게 나인 척하고 엇갈린 고백을 해버린 것이다. 의아했던 것은 사촌 여학생이 고백을 흔쾌히 받아주었고, 말도 안 되게 잘 사귀었다. 원래 좋아했던 여학생은 충격이 이만저만 아니었을 텐데 그당시에 나는, 그것까지 헤아릴 생각 머리는 없었던 것 같다.

여자친구가 된 사촌은 머지않아 다른 지역으로 이사를 하였고, 자연스레 헤어졌다. 난생 첫사랑과 이별을 경험했고, 사랑이라는 감정을 알아가는데 많은 보탬이 되었다. 그리고 몇 년 전 티브이를 보는데 처음 좋아했던 그 여학생이 우연히 방송에 나온 것이 아닌가? SNS를 통해서 연락을 해봤다. "야, 티브이에서 널 봤는데 여전히 예쁘더라. 진짜 연예인인 줄 알았어." 그랬더니 반가운 말투로 잘 지내는지 궁금하다며 전화번호를 보내주면서 밥을 먹자고 했다.

얼마 후 만나서 밥을 먹었다. 이런저런 이야기도 하고, 커피도 마시고, 노래방도 갔다. 그리고는 헤어지는데 "우리 악수 한 번 할까?"라는 그녀의 말에 그제야 손을 잡아볼 수 있었다. 잡은 손을 흔들면서 "건강이 최고야. 조심히 들어가."라는 말도 안 되는 헛소리를 남기며 돌아섰다. 이제는 범접할 수 없는 숙녀가 되어 있었기도 했고, 일주일 정도 가슴이 먹먹하기도 했다. 끝내 카카오톡 메시지 한 통을 보냈다.

"야. 나 아무래도 너한테 용서받고 싶은 게 있어. 많이 늦어진 것 같기는 한데 용서해줄 수 있을까?"

상세하게 말하지는 않았다. 그랬더니

"뭔지는 나도 잘 모르겠지만, 좋아 용서할게"

라는 답변이 왔다. 내가 고맙다는 답장을 보낸 것을 마지막으로 연락은 끝이 났다.

"사실, 사실은 말이야. 우리가 어렸었지만, 너를 처음 만난 그때보다 설레었던 적은 지금껏 없었던 것 같아."

라는 말을 이어서 하고 싶었는데 지금 생각해도 잘 참은 것 같아서 정말 다행이다. 그때의 나는, 지금 내가 생각해봐도 나쁜 남자, 아니 나쁜 소년이었으니까 말이다.

끌림

편파적이면서

이기적인 사람이

더 끌린다.

그 안에 내가

담겨 있다는

상상 때문에

향수

향기가 좋았던 게 아니었다.

다른 그녀에게서 이 향기가

났을 때 아무렇지 않았으니,

단지 그녀가 좋았던 거겠지

호
감

얼핏 보았을 때 예쁘면

마음도 예쁠지

궁금증을 유발한다.

약간의 여운과 함께

핑
계

무르익은 단풍 때문인지

빨갛게 곱게도 발라놓은

매니큐어가 눈에 띄었다.

쓸데없이 가슴이 시렸다.

그게 뭐라고 예뻐 보이는지

둘러댈 핑곗거리인 걸까?

단발머리

풀었던 긴 머리칼을 묶을 때
집중하겠다는 뜻으로
관능적인 것 아니었나.

한여름 가냘픈 목선에
머리끈조차 필요 없는
단발머리를 보고야 말았다.

어
떤
화
단

몰라보았던 꽃 한 송이
아름답게도 피어올랐다.

꿀벌도 나비도 아니라서
보러 갈 핑곗거리도 없다.
.
.
거기 있기 아까운 꽃인데

점심 시간쯤 우리 가게에서 은행 직원이 단체로 식사를 한 적이 있었다. 식사를 마치고 나가면서 내 또래쯤 되어 보이는 여직원이 커피 자판기 옆에 쌓아둔 ≪나무그늘 뒤죽박죽 글귀 에세이≫를 발견하고는 책을 좋아한다며 "사장님이 쓰신 거예요?" 물었다. 얼굴을 보니 그 여직원은 내 생에 첫 사업자 통장을 개설해 주었던 직원이었다. 평소 책에 관심이 있지 않고서는 쉽지 않은 발견이라는 것을 알기 때문에 한 권을 선물로 줬다.

며칠 지나서 잔돈을 바꾸러 그 은행에 갔는데 번호표를 뽑기도 전에 그 여직원이 미소로 나를 불렀다. 상냥했던 것도 있고, 일하는 모습에 호감을 느꼈던 것 같기도 하다. 나는 "잔돈 좀 바꾸고 싶어서요."라고 말했고, 지폐를 꺼내는데 여직원이 "작가님 맞으시죠? 저 책 다 읽었어요. 그리고 오탈자도 하나 발견했어요."라며 말을 걸어왔다.

맞다. 그 책에는 오탈자가 두 개 있는데, 눈에 띄는 오탈자 하나는 책의 종지부쯤에 있다. 정말 다 읽은 것이다. 중저음의 목소리로 말했다.

"하나 더 있어요. 잘 찾아봐요."

괜히 이상한 말을 한 것 같았지만, 잔돈을 다 바꾸고 은행을 나와 가게로 돌아오는 길에 이 시를 썼다. 하필, 화단이 보였는데 은행을 화단에 비유했던 것 같다. 순간에 솔직했던 내 감정이었다. 달리 생각하면 착각이겠지만, 그래도 내가 느끼기에 예쁜 시가 나왔다.

KBS 1에서 방영하는 〈정치합시다〉라는 티브이 프로그램에 홍준표 국회의원이 출연해 아내를 만나게 된 사연을 공개했다. 정치에 큰 관심이 없는 나는, 단순히 유튜브를 둘러보다가 미방송분을 보고 알게 되었다.

홍준표 국회의원이 말하기를 "대학 시절에 학교 근처 은행에 돈을 출금하러 갔는데 여직원이 자꾸만 나를 보며 웃었다. 그래서 저 사람이 나를 좋아하나? 라는 생각으로 넉 달 동안 날마다 찾아가서 소액을 출금했다. 그때는 토요일에도 근무했었는데, 그 은행에 대학 선배 한 분이 대리로 계셔서 여직원들을 밖에서 만날 수 있게 자리를 만들어 주었다. 그때 친구들이랑 가서 아내를 데리고 나왔고, 사랑이 싹텄다. 아내에게 '정말 나를 좋아해서 볼 때마다 웃은 것이 맞느냐'고 물었더니 '손님 오면 늘 웃는다'라고 답했다."라며 털어놓았다.

이 영상을 정말 재미있게 봤다. 그리고 다음 날 핑계 아닌 핑계로 정말 잔돈이 없어서 은행에 갔는데 아니나 다를까 여직원이 다른 은행으로 가버리고 없었다. 아쉬워서 하는 말이 아니지만, 조금 아쉽기는 했다. 홍준표 국회의원은 넉 달 동안 날마다 갔다는데, 나는 그럴 수도 없으니까 말이다. 말 그대로 거기 있기 아까운 꽃이 맞았다.

나는 꽃, 너는 나비

내가 꽃이 되게 생겼어

언제 날아들지 모르는

나비 같은 너를

은근히 기다리나 봐

꽃향기 마구 섞인 네가

날아들면 기다렸다

말 못 하고,

가만히 있었을 뿐이라

말하겠지

우리 자존감 상자를 만들어서

네 것과 내 것을 합치자.

부족한 것 있으면 약점 삼지 않고

채워 주며 모든 것을 잃어도

당당할 수 있도록 사랑스러운

서로의 자존감이 되자.

고백
2

집에 들어가기 아쉬운 날
하품이 밀려올 때까지 곁에 있어 줄게

위로받고 싶은 날 연락처를 보던 너에게
바로 달려갈 수 있는 준비를 하고 있을게

내가 이런 말하면
너는 콧대가 높아지고 흥미를 잃어가지만,

그거 아니?
너에게만 만만한 사람인 거

너를 알기 전 모든 이성은
나에게 그저, 돌에 불과했던 거

183

사랑습관

너는 매일 아침

새롭게 다가오는 사람이야

내가 너를 사랑하며

설레는 방법이기도 하지

당신에게

사랑을 약속하기 전에

우선, 믿을 수 있는

사람이 되겠다는 약속을

먼저 하겠습니다.

코
끼
리
반
지

발목에 묶인 밧줄을 풀어도

여전히 떠나지 않는

서로의 코끼리가 되자

손에 끼워진 반지는

우리의 밧줄이 되어 줄 거야

모습

나도 모르는 내 모습 중에

네가 좋아하는 내 모습이 있다면

내게 알려주지 않아도 돼

실은 나도 있거든

나만 아는 네 모습 말이야.

온도
유지

누가 뜨겁고 차갑든 간에

그냥 안고 있자 미온수처럼

아
끼
지
말
자

서로가 곧 소멸할 것처럼 사랑하자

사랑은 고갈되는 것이 아니니까

바
라
다
1

너의 자유를 침해하고 싶지는 않아

단지 너의 자유가 되고 싶을 뿐이야.

바
라
다
2

서로에게 다듬어지는

시간을 이겨낼 수 있다면

너는 내 모습이 되고

나는 네 모습이 될 거야

대
화

서로를 알게 하는 것

무엇을 싫어하는지

또 좋아하는지

닮아 가는 것

말투와 행동

마음마저

너
로
가
득
차

진정으로 사랑하는 사람이 있다는 것은

삶이 힘들다는 말 자체를 잊게 해

너와 내가 헤어져서는 안 될 모든 이유야

열 번 찍어 안 넘어가는 나무 없다고 했지만, 열여덟 번 찍어도 안 넘어가는 나무가 있다는 것을 알게 해준 여자가 있다.

그녀는 말했다.

"오빠는 남에게 주기는 뭔가 싫을 것 같은데 내가 가지기도 싫어."

사실 말하지 않아도 이미 알고 있었다. 그래서 이 말을 들었을 때 충격적이지 않았다. 도대체 무엇이 좋았었는지 내가 지금껏 살아오면서 그렇게도 지독하게 구애를 해본 적은 없을 것이다. 그녀가 잠깐 내게 왔을 때, 보관하고 있던 팔아야 할 책 100여 권이 에어컨 고장으로 물에 흠뻑 젖어서 팔 수 없는 상태가 되었는데도, 마치 도파민이 뇌를 지배한 듯 아무렇지 않았을 정도로 좋아했던 것 같다.

그녀는 아주 오래전 나를 알고 내게 먼저 나타났는데, 차라리 나타나지 않았다면 모르고 살 수 있었을 것이며, 그녀에게 잠기지 않고 많은 이성을 만나볼 수 있었을 터라는 생각을 가끔 하게 될 뿐이다. 잠깐 왔다가 떠날 때는 항상 "나 전에 만나던 남자를 못 잊겠어."라는 말을 남기고 떠나갔는데, 결국 새로운 남자를 만났다. 이 남자 저 남자 잘도 만나고 다니는 그녀가 나쁘다는 생각이 들면서도 한편으로는 당당한 모습이 부럽기도 하다.

피고 지는 것까지

활짝 핀 꽃

많은 사랑을 받아야 마땅해

한껏 머금었던 수분을 모두 잃고

꽃잎이 다 떨어져 향기를 잃어도

너는

아름다운 꽃이야.

사
랑
이
라
면

자신만의 세상에

상대를 끌어들일 것이 아니라,

온전히 서로만의 세상을 끊임없이

만들어나갈 수 있어야 해

밤안개

뿌연 공간에서 너를 잃었어

두려운 것이 있다면

보이지 않는 것이 아니라,

이곳에 네가 없을까 봐

직후

잊기 힘들면 차라리
사진이라도 많이 찍어두자
될 수 있으면 예쁘게

조금 더 괜찮아져서
전화기 바꾸는 날 오면
그때, 남아 있는 사진들을
옮기지 않으면 되니까

애쓰지 말자 적어도 지금은
공허함을 달래야만 하니까

원래의 나는 모든 흔적을 지워버리는 성격이었다. 사진, 물건, 연락처, 될 수 있으면 기억까지 말이다. 그렇게 하면 이내 다른 사랑을 할 수 있으리라 생각했는데 시간이 꽤 흘렀는 데도 다른 사랑을 못 했다. 결과적으로 잊기 위한 나름의 해답이 아니었다.

열여덟 번 찍은 그녀가 마지막으로 내게 온 첫날 이 시를 썼다. 일주일 후일지, 보름 후일지 어차피 떠날 텐데 다른 사랑을 못 할 것이라면 사진이라도 많이 찍어둬야겠다는 생각이 들었다. 광안리 해변에서 몇 장, 부산역 부근에서 몇 장 그렇게 열 장 정도 찍었던 것 같다.

일주일쯤이 되자 곧 떠날 것 같은 그녀 표정을 알 수 있었고, "아무래도 전에 만나던 남자를 잊지 못하겠어."라는 말과 떠났다. 그리고 자주 보지는 않지만, 가끔 사진을 봤다. 앵글에 함께 담긴 모습이 생소하기도 했고, 신기하기도 했다. 사진에 그녀 모습보다는 오히려 내 모습을 보니 정말이지 행복해 보이는 모습에 미소를 지을 수 있었고, 유행에 따라서 휴대전화를 바꾸었다. 사진 역시 옮기지 않았다.

순정

교복 안주머니에서

꼬깃꼬깃 지폐 꺼내 들고서는

영화표 사게 해달라고

발을 동동 구르며 떼쓰던 너

그때 네가 얼마나

순수했는지 모를 거야

정말 사랑스러웠거든.

열여덟 번 찍었던 그녀를 알게 된 것은 중학교 2학년 때였다. 앞서 다른 시를 통해 설명했듯이 그때는 동갑내기 여자친구가 있었다. 그녀는 나보다 한 살 어렸고, 학교 매점에서 나를 보고 첫눈에 반했다고 했다.

빨강과 파랑으로 조화를 이룬 독특한 아디다스 가방을 메고 있는 모습과 친구들을 이끄는 우두머리 격의 모습이 멋있었다고 했다. 사격 선수를 그만두고 방황에 이르러서 내가 학교를 오지 않는 날이면 책상에 엎드려 울었고, 싸움박질이라도 해서 얼굴이 문드러지기라도 했던 날이면 항상 연고를 사 왔다.

중학교를 유급하던 날에는 아버지 혼자 학교를 찾아왔는데 아버지께 달려가 인사를 드렸고, 남포동 신발 판매장에서 일하던 우리 누나에게도 인사를 했다고 했다. 누나는 그래서 그녀밖에 모른다. 다른 그녀는 보여 준 적이 없기 때문이다. 그리고 그녀가 중학교 3학년 겨울 고등학교 1학년 입학식을 앞두었을 때 나는, 검정고시로 중학교 졸업 자격을 얻었고, 같은 학년으로 고등학교 입학식을 앞두고 있을 무렵이었다. 우연히 지하철역에서 마주쳤는데 내게 집에 가서 먹으라고 빵을 사줬던 것 같다.

그리고 다음날 연락을 통해 영화를 보게 되었다. 표를 계산하려는데 그녀가 발을 동동 굴렀다. "내가 계산하고 싶어. 계산하게 해줘"라며 교복 안주머니에서 꼬깃꼬깃 지폐를 꺼냈다. 그 모습에 열여덟 번 중에 첫 번째 도전이 시작된 것이다.

그
대
마
음
의
변
화
는

다시 돌아오지 않는

지나간 계절이었다.

열여덟 번 중에 첫 번째 도전으로 내가 그녀의 마음을 얻었다. 만날 때마다 자주 걸었던 것 같다. 그러고 보니 잘해줬던 기억이 없다. 내가 하고 싶은 대로만 했었던 것 같다. 나는 사실 나빴다. 남자가 여자에게 사랑을 주는 화이트데이에도 직접 전하지 않고, 후배를 보냈다. 친구들과 놀 때는 연락도 하지 않았고, 오는 전화도 받지 않았다. 그녀는 내가 어떠한 행동을 해도 사랑해주리라 생각했었다.

각자 다른 고등학교에 입학하고 일주일쯤 되었던 것 같다. 그날 하루는 온종일 연락이 두절되었다. 전화도 안 받고 문자 메시지도 답장이 없었다. 내 연락이라면 자다가도 벌떡 받을 그녀가 연락이 안 된다는 것은 내 생각으로는 이해되지 않았다. 기다려보다가 새벽쯤에 문자 한 통을 보냈다. "우리 그냥 헤어질까?" 그토록 연락이 안 되던 그녀에게서 답장이 왔다. "그래 우리 헤어지자." 미안하다고 무슨 일이 있었다고 해명을 풀어 놓을 줄 알았는데 진짜 헤어진 것이다. 나는 자존심이 매우 강했고 마음에 없는 말이었지만, 붙잡지 않았다. 그날 그녀는 새로운 세상에 눈을 떴고, 나는 그녀의 세상에 잠겨버렸다.

가
두
다

무인도에 가서 단둘이 살자

챙겨갈 것이 있으면 챙겨가자

대답만을 원했을 뿐인데

곱창도 못 먹고 술도 못 먹어서

싫다고 했던 너

너의 마음은 도시에 남아

나의 마음은 무인도에 남아

서로 얼마나 사랑하는지

짐작할 수 있었지

열여덟 번 찍었던 그녀가 내게 마지막으로 왔을 때, 내가 했던 질문이다. "우리 무인도에 가서 단둘이 살자." 故 유재하 〈사랑하기 때문에〉라는 노래를 들려주며 말을 이어 나갔다. "이 노래 가사를 보면 그녀가 다시 돌아왔다는데 언젠가 너에게 이 노래를 들려주고 싶었어." 그런데도 곧 떠날 것 같았던 그녀 표정의 변화는 없었고, 내 곁에 머무른 것은 그날이 마지막이었다.

사랑하기 때문에

- 故 유재하 -

처음 느낀 그대 눈빛은 혼자만의 오해였던가요
해맑은 미소로 나를 바보로 만들었소

내 곁을 떠나가던 날 가슴에 품었던
분홍빛의 수많은 추억들이 푸르게 바래졌소

어제는 떠난 그대를 잊지 못하는 내가 미웠죠
하지만 이제 깨달아요 그대만의 나였음을

다시 돌아온 그대 위해 내 모든 것 드릴 테요
우리 이대로 영원히 헤어지지 않으리

나 오직 그대만을 사랑하기 때문에

커다란 그대를 향해 작아져만 가는 나이기에
그 무슨 뜻이라 해도 조용히 따르리오

어제는 지난 추억을 잊지 못하는 내가 미웠죠
하지만 이제 깨달아요 그대만의 나였음을

다시 돌아온 그대 위해 내 모든 것 드릴 테요
우리 이대로 영원히 헤어지지 않으리

나 오직 그대만을 사랑하기 때문에

사랑하기 때문에

보
풀

이제는 아니라지만

하루에 한 번, 두 번

네 생각이 나면

아, 지금 무슨 생각을

하는 거지?

고개를 절레절레

툴툴, 털어낸다.

옷에 붙은 보풀처럼

떨어지지도 않아서

습관처럼 너를

털어내는 동작만

그
래,

네가

가뭄이자

소나기였다.

종이

마음은 종이처럼 생겼을까?

펴내도 펴내도

자꾸만 다시 접혀서

좀처럼 빳빳하지가 않네

전화

너는 내가

가끔 돌멩이처럼

툭툭 생각난다고 했지

너는 바위 같거든

그때도 지금도

내 마음도

내 마음에 자리한 너도

내가 움직일 수 없어서

　얼마 전에 열여덟 번 찍었던 그녀에게서 마지막 전화가 걸려왔다. 다짜고짜 하는 말이 "오빠는 가끔 돌멩이처럼 툭툭 생각 나." 그 말을 듣고는 "그냥 생각하지 마."라고 답했더니 "오빠는 바보야? 나를 왜 계속 받아주는 거야?"라며 물었다. 나도 몰랐다. 그 이유를 "글쎄 나도 잘 모르겠어. 그냥 앞으로 연락하지 마. 그러면 되잖아." 술에 잔뜩 취한 그녀는 장난 섞인 말투로 말했다. "그럼 또 해야지."

　다음에도 전화가 걸려온다면 그때는 받지 않으리라 다짐을 했다. 그리고 정말 궁금했던 첫 번째 질문을 했다. "너는 나한테 왜 못되게 구는 거야?" 또 장난 섞인 말투로 말했다.

　"오빠는 내가 진짜로 오빠를 좋아할 때 너무너무 나쁜 사람이었어. 그래서 복수하고 싶었어." 어느 정도 예상하였기 때문에 대답할 수 있었다. "그렇다면 지금이라도 용서해줄 수 있을까?" 들려오는 대답은 "싫어"였다. "나 이제 너랑 연락 안 할 거야. 그런데 궁금한 게 있어. 너를 가지려면 어떻게 해야 할까? 어떤 방법이 있을까? 혹시, 알려줄 수 있어?"라고 두 번째 궁금했던 질문을 이어서 했다. 장난 섞인 말투로 물었지만, 사실 진지했다. 진짜 궁금했기 때문이다.

　그랬더니 그녀는 동문서답을 했다. "오빠 같은 사람이 나를 왜 좋아해? 나는 그게 궁금해." 정말 이유가 없었기 때문에 "정말 이유가 없어. 지금은 아니니까 없었어."라고 답했다.

　비가 추적추적 내리던 그 밤, 그녀는 중얼중얼하더니 이내 잠들었다.

나는 전화를 끊지 못했고, 소곤소곤 잠든 그녀의 숨소리만이 내가 들을 수 있었던 마지막 음성이었기에 조금 더 들었다. 숨소리를 들으며 십여 년이 넘는 시간 동안에 휘둘렀던, 마치 소설책의 꼭지 같았던 사랑의 도끼질과 모든 기억을 이제는 추억으로 묻어도 좋을 것 같다고 생각했다.

그리고 나빴던 나의 행동에 대하여 깊이 반성했다. 그녀는 참 고마운 사람이다. 우연처럼 나타나 내가 누군가를 사랑할 수 있다는 것을 진정으로 알게 해주었던 사람이었고, 이 책의 제3장을 가득 채워주었으니 말이다.

이
유

네가 왜 좋은지 묻지 말고

내가 왜 싫은지 말해주지

네가 좋은 이유 세는 동안

너는 너무 멀리 가버렸어

너의 기억 속에 갇히기를

바라며 떠나버린 것처럼

꿈

너와의 기억이 꿈이었다면

그저 돌아눕는 것만으로도

잊을 수 있었을 거야

밤하늘

유독 이끌리는 별

끊임없이 나를 비추지만

닿을 수 없는

그런 별

너는

그런 사람

아쉬워서

울었다.
떠나보내는 것은
문제가 아닌데

보여주고 싶은 것과
해보고 싶은 것이
너무 많이 남아서

216

열여덟 번 찍었던 그녀를 열세 번쯤 찍었을 때, 또 이별하고 무덤덤한 척 며칠을 보내던 때에 친구 녀석들과 어울린 적이 있다. 나를 포함한 내 친구들은 술을 못 마시기 때문에 세 명이었음에도 삼겹살에 소주 한 병을 마시고는 취기에 닿아 올랐고, 자주 가던 근처 노래방으로 향했다.

그런데 친구 녀석의 선곡이 문제였다. 생전 부르지도 않던 이문세 가수의 〈휘파람〉이라는 노래를 부르는 것이 아닌가? 노래방 사장님께서 서비스 시간을 또 어찌나 많이 주시던지 노래와 가사에 심취함과 군대 첫 휴가 때 미안하다며 울어대던 그녀 모습이 떠올라 두 시간을 넘게 통곡했다.

그 후로 시간이 지나서 그녀가 마지막으로 떠나갈 때도 이 노래를 불렀었던 친구를 차에 태워 조수석에 앉혀 놓고는 통곡했다. 그때마다 같은 사유였다. 보여주고 싶은 것과 해보고 싶은 것이 너무 많이 남아서 그게 아쉬워서.

휘 파 람

– 이문세 노래, 작사 작곡 이영훈 –

그대 떠난 여기 노을 진 산마루턱엔

아직도 그대 향기가 남아서 이렇게 서 있어

나를 두고 가면 얼마나 멀리 가려고

그렇게 가고 싶어서 나를 졸랐나

그대여 나의 어린애 그대는 휘파람 휘이이

불며 떠나가 버렸네

그대여 나의 장미여

사랑하는 그대 내 곁을 떠나갈 적엔

그래도 섭섭했었나 나를 보며 눈물 흘리다

두 손 잡고 고개 끄덕여 달라하기에

그렇게 하기 싫어서 나도 울었네

그대여 나의 어린애 그대는 휘파람 휘이이

불며 떠나가 버렸네

그대여 나의 장미여 그대여 나의 어린애

그대는 휘파람 휘이이

불며 떠나가 버렸네

그대여 나의 장미여

조
각
모
음

나서지 않아도

찾아오는

그녀 아닌,

그녀 흔적

나는 너의 아픔이 되고

너는 나의 아픔이 되어

서로 불공평하지 않기로

답장

읽지 않을 것이라

돌아오지 않을 것이라

직감이 알려 주어도

한 번쯤은 무시하고

끝을 장식해 보고는 한다.

솔로

상처를 주지 않을 자신은 있는데

받을 자신이 없어서

설렘의 흔들거림에 도리도리 툴툴

혼자를 택하고 말지

기
대

어른들은 말하지

때가 되면 인연이 나타난다고

그 말을 믿어야 할지

말아야 할지

가끔 물지 않는

미끼를 던진

사랑꾼이 된 것 같아서

마음처럼

너라는 습관을

덮어 낼 사람이 있었으면 좋겠어

마음의 준비는 끝났는데

혼자서는 덮을 수가 없잖아

다 읽으셨나요?

이 책을 냄비 받침으로 쓰시는 것을 허락합니다.